солонго

무지개

下권

작가는 2010년 한국문화예술위원회 제1차 아시아거점 몽골문학레지던스 소설작가로 선정되어, 몽골 울란바타르대학연구교수로 파견, 한국문학과 소설을 강의 했다. 그리고 집필활동으로 몽골문학을 연구하며 몽골암각화를 주제로 글을 써왔다. 13세기부터 21세기까지 망라한 몽골역사바탕의 중단편소설집「사슴 돌」을 펴냈고, 지금은 동대학 종신객원교수로 외국인 최초 몽골문학연맹 회원활동과 몽골문학상수상, 그리고 몽골문학연맹노조 추천으로 몽골문학연맹 90주년 기념식에서 문학공로훈장을 수훈했다.

몽골 대서사시, 칭기즈 칸의 제국
전설의 암각화

СОЛОНГО

무지개

下 권

김한창 장편소설

몽골문학연맹90주년, 문학공로훈장수훈기념작품

바밀리온

프로필

∙ 소설집
「접근금지구역」「펑갈의 동굴」중단편소설집「사슴 돌」부제/몽골. 13세기부터 21세기까지.

∙ 장편소설
「꼬막니」전주일보연재. 「바밀리온」「솔롱고」부제/몽골. 칭기즈 칸의 제국, 전설의 암각화를 찾아서. 「무지개」상,하권 전 2권

∙ 평론
한국과 몽골문학「한국-몽골 소설선집.」
탄탄한 筆畫力으로 조성한 소설담론, 백종선 소설집「푸른 돛배가 뜬다.」
역사의 재조명과 기록의 잔물, 박종석 소설집「부사진 시간의 조각들.」
응축된 작가의 문학세계/박종식 소설집. 「녹차 꽃은 떨어지고.」

∙ 수상
몽골문학상. 몽골문학연맹 90주년 문학공로훈장. 전라북도문화상(미술부문) 전북문학상. 노천명문학상소설본상. 표현문학 평론신인상. KBS 지역대상.

∙ 국제활동
한국문화예술위원회 아시아거점 몽골문학 레지던스 소설작가 선정, 몽골 울란바타르대학 연구교수과견, 학과 소설강의와 문학특강 및 집필활동. 한국-몽골문학교류. 몽골 알탕구르스 국제문학 페스티벌. 몽골문학연맹 회원활동.

∙ 역임
MBC 혼불문학상심사위원. 전북도민일보 신춘문예 소설부문심사위원.예원예술대미술디자인학과객원교수. 울란바타르대학 초, 중, 고, 대학부 한국어 문학경진대회 운영위원장.

∙ 현재
몽골울란바타르대학 종신객원교수. 한국문협, 몽골문학연맹회원. 한국소설가협회 중앙위원 및 지역발전위원. 한국문협국제교류위원. 표현문학동인, 「한,몽 문학」발행인.

E-mail : kumdam2001@hanmail.net tel : 010-6439-2405

ГУрбансаихан

몽골전도

Хөвсгөл
헙스걸

Увс
옵스

Баян-Өлгий
바양얼기

Бул
볼강

Завхан
쟈브항

Архангай
아르항가이

Ховд
헙드

Баянхонгор
바양헝거르

Өвөрхан
어워르항가

Говь-Алтай
고바알타이

서사관련지역 : 구르반사이항. 돈드고비. 어워르항가이. 아르항가이. 투브아이막. 울란바타르. 볼강아이막.

몽골문학을 연구해온지 오래되었다. 그러니까, 2010 한국문화예술위원회 아시아거점 몽골문학레지던스 소설작가로 선정된 후, 울란바타르대학연구교수로 파견재임하면서 집필활동 끝에 장편소설 「솔롱고」를 발표하고 이를 증보하여 명제를 한국어 「무지개」로 바꿔 上·下권으로 묶기까지 10년이 걸렸다. 上권과 下권 사이는 몽골 13세기부터 21세기까지 몽골문화역사를 바탕으로 쓴 중단편소설집 「사슴 돌」로 징검다리를 놓았다. 그 긴 세월 동안 몽골문학에 천착해온 셈이다.

그렇다. 문화예술은 자신의 분야에 미쳐야만 결과를 얻는다. 그리고 창작예술을 끊임없이 이어가는 데는 개척과 도전정신이다. 즉, 창작의 근본은 개척과 도전에 있다는 지론이다. 소설작가이전 필자는 프로화가이다. 미술에 있어서도 개척과 도전을 게을리 하지 않았다. 늘 목표로 삼았다. 그것은 새로운 창작을 위한 개척정신이었고, 실험적 창작을 통해 엥포르멜 이후 현대미술이라는 새롭게 전개된 씨리즈작품을 파리 그랑빌러화랑 개인전과 국제쌀롱전에서 보여줄 수 있었다.

그렇게 연마해온 실험정신은 오롯이 문학에 암세포처럼 전이 되고, 나는 미친놈처럼 거친 몽골대지를 누비며 인류미술의 발상지로 여기는 몽골고대 암각화군락지를 탐사하며 글뒤지를 채웠다. 그 곳에서 문학적기반도 이룩했고 지평을 넓혔다.

외국인최초 몽골문학상과 몽골문학연맹회원이 되어서며. **몽골문학연맹창립90주년(2019.1.26)**에 **몽골문학연맹노조추천**으로 **공로훈장**을 수훈받아서다. 그동안 많은 유목민들도 만났고 그들과 생활했다. 아직 가지못한 다른 아이막에는 어떤 서사가 숨어서 내 눈치를 슬슬 보고 있을까, 그동안 탐사에 도움을 준 몽골문학연맹친구들과 신세졌던 오지초원유목민들에게 고마움을 전한다.

2020. КИМХАНЫЧАН

차 례

■ **제 2 부**

찬란한 전설의 암각화

무지개 上권에서 언급하였듯이 표제가 말하는 무지개의 뜻은 몽골어로 솔롱고라는 뜻이다. 키릴자모원발음은 설렁거(солон го)지만 어(О)를 영문 오로 발음하면서 명사가 되었다. 그래서 한국을 지칭하는 원발음 설렁거스를 솔롱고스(солонгос)로 지칭하기도 한다. 몽골부족은 15개 부족으로 이루어져있다. 이중 할하부족이 약 79%를 차지하고 있으며 몽골민족의 근본적인 특징을 지니고 있다. 선사시대부터 반사막대지 구르반사이항에서 대가족을 이루고 살아온 할하부족은 차하르부족과 300년 동안 전쟁을 치르며 공존해왔다. 본 이야기는 대를 이어 할하의 부족장을 지낸 한 가문의 기록적인 전설의 동굴암각화를 주제로 하는 무지개 上권에 이어 두번 째 종결편이다.

1. 무지개 上권에서, 몽골고대바위그림에 관심 깊은 한국남 그는 몽골울란바타르대학연구교수 임기가 종료되어 한국으로 돌아오고, 그를 도왔던 코디네이터 엥흐자르갈은 그에게 씨앗을 받아 가문을 이어갈 아들을 잉태한다. 그녀는 아기의 이름을 솔롱고(무지개)라 이름 짓고 그에게 알리지만 다시 만나지 못한다.

2. 하지만, 가문을 이어갈수 있게 된것만으로 만족해야만 했던 그녀는, 커갈수록 아빠를 빼닮아가는 아들의 얼굴을 볼 때마다 그의 그리움에 몸부림 친다.

3. 솔롱고의 나이 다섯살이 되자마자 그녀의 조부는 모든 목축 재산을 솔롱고에게 상속하고 숨을 거두고, 오지초원을 유랑하며 유목생활을 하면서 솔롱고는 초원의 어워를 볼 때마다. 아버지를 만나게 해달라며 탱게르 신에게 애달피 빌며 성장한다.

4. 몽골로 다시 들어간 그는 자신의 아들과 엥흐자르갈을 찾아 초원을 헤멘다.

〈이글은 소설로만 읽혀지기를 바란다〉

제1부

암낙타의 모성

1

상속

희미한 불빛이 가물거리는 초원의 밤이다. 밤하늘 별 소나기 내리는 대지는 끊임없는 바람이 불고 있다. 가축우리에서 부르르-. 말(馬)들의 투레질소리가 적막을 깬다.

발정난 암낙타를 두고 다투던 숫 낙타 한마리가 밀리면서 우리가 부러지는 소리가 뒤이어 들린다. 윤기 흐르는 구릿빛얼굴에 건강했던 조부는 여러날 병치레를 하더니, 다급했던지 솔롱고가 다섯 살이 되자마자 안장도 없는 사나운 종마위에 태우고 며칠 동안이나 로데오를 시키며 말을 길들였다.

"솔롱고, 힘들지 않았어?"

엥흐자르갈이 흙먼지를 뒤집어 쓴 발가벗긴 어린 아들을 더운물로 씻기고 수건으로 닦아주며 묻는다.

"힘들어. 엄마, 말이 너무 사나워."

"그래도 해야 해. 못하면 어른이 될 수 없어."

"상 할아버지 군인 같아."

"그래, 그게 우리집안의 강한 기상이란다. 더 자라면 집안이야기를 해줄게."

"그럼, 우리아빠도 강한 기상이 있어?"

"그래, 강한 근기를 가진 분이야."

"그런데 왜, 우리 옆에 없는 거지?"

"아빠가 보고 싶어?"

"응."

"그럼 내일은 꼭 성공해서 말을 타고 어워¹⁾에 가서 세 바퀴를 돌며 텡게르²⁾ 신에게 네 소원을 말하렴."

솔롱고가 초롱거리는 눈으로 무늬가 화려한 아빠의 빈 침대를 바라본다. 그리고 다시 엄마에게 묻는다.

"그럼, 아빠를 볼 수 있어?"

"텡게르 신이 네 소원을 들어만 준다면 볼 수 있어."

"정말?"

엥흐자르갈의 머루 눈 속에 일순 뜨겁게 이슬이 고인다.

"엄마, 울어?"

"아냐, 화로에서 연기가 많이 나잖아."

얼굴도 모르는 아빠를 그리워하는 어린 솔롱고의 눈빛을

---

1) 어워/овоо : 성황당 원류로 돌무지 중심 기둥에 줄을 치고 만국기처럼 오방색 천을 메단 자연신앙물.
2) 텡게르/тэнгэр ; 하늘.

볼 때마다 엥흐자르갈은 가슴이 아팠다. 솔롱고는 자신의 침대로 들어가 누웠지만 천창만 바라볼 뿐 잠을 이루지 못했다.

다시 날이 밝았다.
"솔롱고-, 솔롱고-."
조부는 솔롱고를 불렀다.
"솔롱고, 오늘은 꼭 성공하는 거야. 알았지? 어서 나가거라."
할머니가 솔롱고를 채근했다.
"응. 할머니."
밝은 표정의 솔롱고가 게르문을 박차고 뛰어나갔다.
"자, 솔롱고. 균형을 잡지 못하면 떨어진다. 말이 뛸 때 균형을 잘 잡아라. 오늘은 꼭 성공해야지."
"네, 상 할아버지."
솔롱고가 오르자마자 사나운 종마는 멋대로 뛰었다. 흙먼지가 일고 흙이 튀었다. 조부는 힘겨운 몸으로 말고삐를 당기며 말을 길들였다. 몇 차례나 솔롱고는 말에서 곤두박질로 떨어졌다. 그래도 다시 일어나 끈질기게 말 등으로 기어올랐다. 마침내 로데오를 성공하고 사나운 종마의 주인이 되었다. 솔롱고가 고삐를 휘두르며 초원을 달린다. 이 과정을 거쳐야만 성인이 된다.

초원을 달리던 솔롱고가 먼 빛에서 말머리를 돌려 돌아오자 조부는 우리에 세워놓은 자작나무장대 오르히[3])를 집어 들었다. 문 밖으로 솔롱고와 조부의 모습을 초조히 바라보던 엥흐자르갈과 어머니가슴이 두근거렸다.

오르히를 주는 것은 재산상속의 상징이다. 조부 앞에서 솔롱고가 말에서 내려오자 조부가 오르히를 한손에 착, 건네주며 말했다.
"자! 솔롱고. 오르히를 받아라. 넌 이제 모든 가축의 주인이다. 이 많은 가축은 이제 모두 네것이다."
"아……!"
수태채[4])를 젖던 엥흐자르갈이 쥐었던 주걱을 놓고 혀아랫소리로 탄성을 지르며 어머니 품에 얼굴을 묻고 흐느꼈다.
어머니가 말했다.
"이제야, 이 어미가 네 조부님 볼 면목이 섰구나!"

유목민들이 자식에게 목축재산을 상속할 때는 가축을 몰거나 말 목을 걸 때 쓰는 오르히를 줌으로써 상속의 의미를 지닌다. 조부는 자신의 죽음을 예견한 듯, 다급하게 어린 솔롱고의 고사리 같은 손에 오르히를 그렇게 쥐어주고,

---

3)오르히/урхи : 말목을 거는 올가미.
4)수태체/сүүтэйчай : 우유에 차잎을 넣고 우린 우유차.

목축재산을 상속한 며칠 후 운명을 달리했다.

　자신의 말을 몰고 솔롱고가 맨 먼저 달려간 곳은, 엥흐자르갈이 그와 맨 처음 갔던 알퉁어워[5])다.
　"엄마, 나, 어워부터 가고 싶어."
　솔롱고의 마음을 읽은 그녀는 어워에 공물로 올릴 깨끗한 샤르터스[6])를 꺼내었다.
　"엄마, 그걸 꼭 가져가야 하는 거야?"
　"그럼, 공물(供物)을 올리고 소원을 말하는 거란다."
　다음날 그들은 자작나무숲너머 알퉁어워를 향해 말을 몰았다.

　처음 그가 왔던 은비늘 빛 반짝이던 눈 덮인 겨울, 식수로 쓸 강가 얼음덩이를 그와 함께 낙타 등 광주리에 실어 나르던 그 길을 가면서, 지나온 일들이 셀로판지에 겹쳐진 영상처럼 푸른 하늘에 투영되어 보였다.
　"자, 솔롱고. 저기 어워가 보이지? 저곳으로 올라가 돌무지에 샤르터스를 올리고 시계바늘 도는 방향으로 세 바퀴를 돌면서 네 소원을 텡게르 신에게 말하고 내려오렴."
　"나만 가는 거야?"

---

5) 알퉁어워/алтөновоо : 여러유형의 몽골어워 중 가장 으뜸이 되는 어워.
6) 샤르터스/цаартос : 버터.

"그래, 알퉁어워에 여자는 오르지 못한단다."

　세차게 말을 몰고 능선으로 올라간 솔롱고는 아빠가 없는 빈 침대를 생각하며 어워를 돌았다. 그리고 돌무지 앞에 무릎을 꿇고 앉아, 고사리 같은 두손을 비비며 아빠를 만나게 해달라며 치성하는 모습에 그녀는 눈물이 핑돌았다. 얼굴도 모르는 아빠를 그리워하며 비손하는 애절한 모습은 그녀 가슴에 못처럼 박혔다.

2

그리움

바람 잦은 봄철이 오면, 끊임없는 모랫바람에 뒤엉킨 거대한 모래폭풍이 시시각각 홍고린사막의 지형을 바꾼다. 한치 앞을 볼 수 없는 모랫바람은 급기야 반사막대지 구르반사이항을 휩쓴다. 몽골, 돈드고비아이막[1] 행정구역인 이곳은 엥흐자르갈 그녀가 태어난 땅이며 고향이다.

바람에 날리는 모래알 휘모는 소리가 바람결 속에서 하모니를 이룬다. 고비에서만 들을 수 있는 노래하는 모래다. 바위산봉에 우뚝 솟은 어워의 오방색 하닥[2]자락이 펄럭이는 소리가 숨가쁘다.

모래먼지를 잔뜩 뒤집어쓴 어린꼬마가 어워의 돌무더기 앞에 잔뜩 웅크리고 폭풍이 멎기를 기다리다 잠이 든다. 엥흐자르갈과 그와의 사이에서 태어난 솔롱고다.

바람이 잦아들자 부시시 눈을 뜨고 일어나 말을 몰고 집으로 돌아온 그는, 바람에 벗겨진 할머니의 게르지붕 어르

---

1)아이막/аймаг : 우리의 道에 속하는 단위명칭.
2)하닥/хадааг : 길다란 오방색 천.

흐³⁾줄을 당겨 묶고 옷을 털며 얼른 안으로 들어간다.

"에메(эмээ/할머니), 엄마의 고향이 여기랬지?"

후레모자 꼭지를 꿰매면서 바늘귀에 실을 꿰는 할머니를 바라보며 솔롱고가 묻는다.

"그래, 네 엄마를 여기에서 낳았어. 너도 그렇고, 아빠생각에 또 어워를 가서 빌고 왔구나."

"응, 할머니, 아빠만 옆에 있다면 좋겠어."

"이를 말이냐! 네 아빠는 산양들이 사는 동굴에 우리조상들이 바위에 그림(암각화)을 새겨놓았는데, 그것을 찾으려다가 찾지를 못하고 너 하나를 엄마 뱃속에 남겨놓고 한국으로 돌아갔단다. 넌 꼭 네 아빠 고집을 빼닮았다."

"아빠이야기 엄마가 해줬어. 아빠가 보고 싶어. 아빠를 만날 때까지 어워에 가서 텡게르 신에게 빌 거야."

그러면서 단위에 놓여진 엄마와 아빠의 모습이 담긴 자그만 편액을 매만지며 솔롱고는 금세 눈물을 글썽인다.

"또, 우는구나. 사내새끼가 어찌저리 눈물도 많을까, 언젠가는 텡게르 신이 네 소원을 꼭 들어 줄 거야. 엄마도, 이 할미도 그렇게 믿고 있단다. 눈물 닦고 바늘에 실 좀 꿰주고 엄마에게 가거라. 이제는 할미 눈이 어둡구나."

긴 소매로 눈물을 훔친 솔롱고가 단번에 바늘에 실을 꿰

---

3)어르흐/opx : 빛이 들어오는 게르 천창 덮개 .

주고 엄마의 게르로 건너간다.

  울컥, 아빠가 그리우면 솔롱고는 말을 몰고 어워로 달려
가 아빠를 만나게 해달라며 텡게르 신에게 빌었다. 가축을
몰고 이동을 하다가도 어워가 보이면 그곳으로 달려갔다.
솔롱고에게 일상이 된 일이다. 그가 이렇게 아버지를 그리
워하는 만큼이나 할머니와 엥흐자르갈 또한 그를 그리워
했다.

  몽골반점하나로 같은 민족이라고 여기는 몽골 인들의 꿈
의 나라, '무지개(솔롱고/солонго)의 나라'로 부르는 한국에
서, 몽골 UB대학연구교수로 그가 오게 되자, 코디네이터
로 공식 채용되어 그를 도왔던 전형적인 몽골미인, 까만
머루눈동자 엥흐자르갈, 그녀는 몽골바위그림(암각화)을 연
구하며 글을 쓰는 그에게 처음부터 애정이 움텄다. 그리고
구르반사이항 바위산맥 아르갈리산양들의 서식처 동굴에,
그녀의 선조들이 새겨놓은 전설의 바위그림을 찾아서, 생
사고난을 겪으며 홀로 탐사 길을 나섰던 그에게 가슴에 담
아놓았던 사랑을 일찌기 고백했다.

  강한 집념을 지녔던 그가, 둘 사이에서 태어난 아들 솔롱

고와 자신을 찾아 언젠가는 몽골 땅을 다시 밟을 것이라는 희망을 버리지 않고 있었다. 때문에 그녀는 척박한 반사막 대지 구르반사이항 겨울목축지를 다른 곳으로 옮기지 못하는 것은, 그가 이곳을 알고 있을 뿐더러, 선조들이 대대로 살아온 터전으로 언젠가는 그가 자신과 아들 솔롱고를 찾아 꼭 오리라는 간절한 바람 때문이다.

주저앉은 낙타등에 몸을 기대고 앉은 엥흐자르갈은, 끝없는 대지를 바라보며 그를 그리워하기도 했고, 낙타등광주리에 어린 솔롱고를 태우고 온갖 살림을 잔뜩 실은 낙타떼를 몰고 목축지를 이동하면서도, 백마를 탄 그가 모래먼지를 일으키며 달려오는 환상에 젖기도 했다.

꿈처럼 다녀간 그에게 꽃 마음이 일어나면 오늘도 그녀는 떼별 빛 쏟아지는 구릉언덕에서, 머링호오르[4]를 연주하며 그가 돌아오기를 염원하는 서사시의 토올[5]을 띄웠다.

아주 먼 옛날부터
높은 나무들이
바람결에 흔들리고

---

[4] 머링호오르моринхуур : 2현으로 된 말머리가 있는 현악기(마두금).
[5] 토올/туул : 목동들이 양을 치다가 부르는 전통노래.

버드나무들이 숲을 이루어
깨끗한 샘물에서
검은 단비들이 즐겁게 놀고
비옥하며 넓고 높다고 하네요.

몽골의 여인 엥흐자르갈의 토올가락이 은하수물결 속에
파도치고, 달빛 속 은빛 실을 따라 슬픈 가락으로 흐르면
솔롱고가 가락을 타고 춤사위를 폈다.

편액 속에 엄마와 담긴 모습만 보았을 뿐, 아빠의 실제
얼굴을 모르고 자란 솔롱고가 초등학교에 들어갈 나이가
되자 그녀는 여러 걱정이 앞섰다. 솔롱고를 학교에 보내
고 나면 노쇠한 어머니와 많은 가축을 돌보기란 어렵기 때
문이다. 어린나이지만 솔롱고는 당차고 야무졌다. 성인 세
사람 몫의 목동 일을 거뜬하게 해냈다. 그렇다고 문맹으로
이대로 자라게 할 수는 없었다. 때문에 목동을 더 구하든지,
솔롱고의 앞길을 위한 준비를 해야 했다.

"어머니, 솔롱고를 학교에 보내야 하는데 걱정 이예요."
양지에 앉아 여기저기 양들을 눕혀 묶고, 자그만 손갈퀴
로 무성한 털을 솎아내던 손을 멈추고 엥흐자르갈이 말했다.

곁에 앉아 솎아 나온 양털을 광주리에 담던 어머니가,

"그렇구나, 어떻게 하면 좋겠느냐."

하며 걱정했다.

"학교를 보내려면 목동 서넛 정도는 더 고용해둬야 해요. 지금 있는 목동 둘 가지고는 어림도 없어요."

"물론 그래야지. 봄이면 새끼를 치니까 가축이 늘어나고 당장 사람이 더 필요하다. 학교는 어디로 보낼지 생각은 해 뒀느냐?"

"외숙부가 계시는 호통트[6])에서 학교를 보내도 되지만, 애 아빠가 종래 이곳으로 찾아올지도 몰라요. 여기를 알고 있잖아요. 그러자면 가까운 만달 솜이나 구르반사이항 솜으로 학교를 보내야 해요."

"아니다. 그럼 어린 것을 학교기숙사에 두고 이동을 해야 하는데, 네 외숙부집으로 보내는 게 좋겠구나. 애 아빠가 몽골에 있을 때 네 외가를 같이 갔으니까 그곳도 알고 있잖아!"

"그러네요. 어머니, 그럼 외숙부께 다녀올게요. 외숙부께 말씀드려 목동들을 구해오면, 아이를 그곳 학교에 보내 놓고 목축지를 이동해야겠어요."

"그래라. 양털은 내가 솎아놓을 테니 내일이라도 속히

---

6)호통트/хотонт : 아르항가이 면面 단위 지역명칭.

다녀오너라. 애 아빠가 그곳으로 올수도 있다. 너를 찾자
면 그게 더 쉽지!"

양다리 뼈로 손잡이를 만든 느슨해진 말채찍을 손질하던
솔롱고가 이야기소리를 듣고 모로 돌린 얼굴로 묻는다.
"엄마, 나, 학교 가는 거야?"
"그래, 네 학교문제로 외갓집을 다녀올 거야, 내일 아침
일찍 버스를 탈거니까 따라와서 엄마 말을 끌고 오너라."

다음날 이른 새벽, 그녀는 구르반사이항에서 버스를 타
고 만달고비 솜[7])을 거쳐 울란바타르[8])로 향했다. 삼일 후
이른 아침 버스는 울란바타르에 도착했고, 다시 아르항가
이 호통트 행 버스에 몸을 실었다. 엄마의 말을 끌고 솔롱
고는 목축지로 돌아왔다.

---

7)솜/сум : 읍邑이나 면面 규모의 행정단위.
8) 울란바타르/Улаанбаатар : 몽골의 수도

3

회귀

날리는 눈발이 대지를 휩쓸고, 시야의 종점 없는 광활한 설원복판으로 날카롭게 한 획 그어진 핏줄기하나, 울란바타르 도심을 관통하는 톨 강이다. 비행기의 나선형창밖으로 내려다보이는 저 강이 없었다면, 울란바타르 수도는 형성되지 않았을 것이다. 석양노을에 반짝이며 흐르는 동맥 혈관처럼 붉게 물든 톨 강 상공을, 기체는 선회하며 서서히 하강했다.

방향을 바꿀 때마다 허공바람에 흩날리는 눈발사이로 설원 속 도심과 활주로가 보이기 시작하고, 양 날개가 불안하게 흔들리던 기체는 가까스로 보조날개를 접으며 칭기즈 칸 국제공항에 무난히 내려앉았다. 공항청사 밖 시계탑 아래 커다란 온도계의 적색수은이 영하 38도에 방점을 찍고 있었다.

그토록 솔롱고와 그녀가 그리워하는 그가 몽골에 들어온 것이다. UB대학연구교수 임기를 마치고 한국으로 돌아갔던 그가, 다시 몽골 땅에 발을 내디딘 것은 학과강의가 지속되기 때문이다. 그에게는 그녀의 가문, 할하부족 전설의 동굴 바위그림을 기필고 찾는 것은 물론, 인류미술의 발상지로 여기는 고대몽골암각화를 주제로, 쓰던 글을 깊이 있게 매듭지을 수 있는 더없는 조건이 형성된 것이다. 더구나 이렇게 그녀와 자신의 아들 솔롱고를 만날 수 있는 필연의 기회가 주어졌지만, 정작 그는 그녀의 소식을 알 길이 없었다.

다만 그녀는 그가 몽골을 떠난 그 이듬해, 오지초원 조부의 목축지에서 '당신의 아들을 낳아 솔롱고'라 이름 짓고, 비로소 집안의 대를 이어가고, 그토록 원했던 목축재산을 아들에게 상속받을 수 있게 되었다는 메일 한통을 설핏 띄웠을 뿐이다.

그의 가슴 속 상처로 남아있는 첫아들 사산(死産)의 아픔은 솔롱고의 태생이라는 엥흐자르갈의 소식하나로 상쇄되고, 그로 인해 위태로웠던 가정마저 정리해버린 그로서는 더없는 기쁨이 아닐 수 없었다. 그러나 메일을 뒤늦게 열어본 탓도 있지만, 그녀의 헨드폰으로 국제전화를 바로 걸어보아도 계속 연결이 되지 않고 불통이었다. 메일내용대로라면 그녀의 말대로 헨드폰도 터지지 않는 기지국도 없는 먼 초원오지, 한번 들어가면 나오기도 어려운 조부의 목축지에 있을 터였다. 또 기쁜 마음을 먼저 메일로 띄웠지만 그마저 계속 열어보지 않았고 수년동안 그녀는 종무소식(終無消息)이었다.

그동안 울란바타르대학 연구교수임기를 마치고 돌아온 후, 계속 이어지는 강의문제로 매년 몽골을 오간다는 소식마저도 전할 길이 없었다. 처음 그가 연구교수로 오게 되자 자신의 코디네이터로 엥흐자르갈을 추천했던 그녀의 유일한 친구로, 학과장인 엥흐촐롱 교수마저 학교를 떠났고, 그녀의 행적을 알만한 사람이 더는 없었다.

노트북을 열면 버릇처럼 메일을 열고 행여나 하는 바람으로 메일을 띄워보지만, 그녀의 아이디도 아예 소멸되었는지 나중에는 메일이 즉시 반송되기 일쑤였다.

아마, 지금쯤 조부는 돌아가셨을지 모르고, 목축재산을 상속받은 그녀는 자신의 말대로 연로한 어머니와 어린 아들을 데리고 몽골 땅 넓은 대지를 유랑하며, 전형적인 유목민의 삶을 영위하고 있을 터이다. 때문에 특정한 목축지역을 모르고 있는 한, 막연히 초원을 헤맬 수도 없었다.

이렇게 그녀의 소식이 다시없는 것을 보면, 잘못된 판단

일지 모르나, 유목생활의 오랜 풍습에서 부(父)중심이 아닌 모계중심사회의 개념과 사고는, 그에게 얻은 자식하나로 가계를 이어가게 되고, 조부의 목축재산을 상속받은 것에 그저 만족하고 있을 뿐이라는 생각이다.

설사 그녀가 그런 사고를 가졌다 하더라도 고대부터 이어온 모계사회에서 물론 그것이 잘못된 것은 아니다. 다만 그는 한국적사고에 비유하며 홀로 애태울 뿐이다.

그녀가 지닌 그 생각과 판단을 뒷받침해주는 또 다른 범례적인 일로, 졸업반강의를 하면서 수업 중 줄곧 딴 짓을 하는 바야르마라는 여학생에게, 좀 큰소리로 이렇게 꾸중을 한 적이 있었다.

"바야르마, 어더 요 히쯔 바이나 웨?"

(Баярмаа, одоо юу хийж байна вэ?/바야르마, 지금 뭐하는 거지?)

그러자 옆에 앉은 학생이 말했다.

"바야르마 찌램셍 벌러흐."

(Баярмаа жирэмсэн болох /바야르마 임신 중이예요.)

하고 말했다.

즉, 바야르마가 임신중이므로 큰소리를 내서는 안 된다는 요지였다. 그 일로 방과 후 그들과 미팅을 하면서 새롭게 알게 된 것은, 바야르마는 남자가 어디에 있는지조차 모르며 굳이 찾으려고도 하지 않았고, 아이의 아빠를 찾아야 한다는 간절한 바람이나 어떤 원망 또한 전혀 가지고 있지 않았다. 현실 그대로 모계중심적인사고만을 가지고 있었다. 바야르마는 다가오는 6월 졸업식을 마치면 부모의 시골목축지로 들어가 아기를 낳아 기를 것이라고 아무렇지도 않게 말했다.

눈 덮인 투브아이막 테렐지의 톨[1])강변 게르 촌에서 학과 MT가 있던 날, 식수로 쓰려고 얼어붙은 강가에 어느 목민이 벽돌처럼 잘라 쌓아놓은 얼음무지를 보고, 불현듯 보름 동안의 차강사르[2]) 연휴에, 칭기즈 칸으로부터 영웅칭호를 받은 14세기 조상들의 이야기와, 특히 구르반사이항 아르갈리산양 서식처동굴 암벽에, 그 후손들이 그림을 새겨놓았다는 구전으로 전해온 가문의 전설을 조부에게 듣고자, 구르반사이항을 따라갔던 기억이 되살아났다.

그때, 그녀의 어머니를 보았고, 조부가 식수로 쓸 잘라놓은 강가의 얼음덩이를 그녀와 낙타 등에 매달린 광주리에 담아 옮기면서, 어름판 위에 서로 놓아준 얼음덩이를 볼링처럼 밀어 맞추는 놀이를 하다가, 그녀는 미끄러져 넘어진

---

1)톨강/Туул гул : 테렐지에서 울란바타르로 흐르는 강 이름.
2)차강사르/Цагансар : 음력 정월 초하루로 한국과 똑같은 몽골의 설날.

그를 일으켜 세우면서 같이 넘어지자, 의식적으로 그를 안고 어름판을 딩굴었다. 그리고 대담하게 그의 가슴위로 올라와 이글거리는 머루눈빛으로 내려다보며 기습적인 키스 끝에 사랑을 고백했다.

자식이 남자나 여자친구를 집으로 데려오면, 게르에 단 둘이 재우는 유목민의 관습에 따라, 그녀가 목축지를 들어오면 생활하는 게르에서 처음부터 잠자리를 같이 가졌다. 이점을 가지고 그는 매우 놀랐지만, 이 환경은 엥흐자르갈이 그를 더 깊이 사랑하게 되는 발로가 된다.

전통을 지키는 유목민의 이러한 풍습은, 남녀 성비율의 조화가 맞지않는 환경 속에서 결코 형이하학(形而下學)이 아닌 형이상학적(形而上學的)사고라는 것을 알게 되는 것은, 그 바탕에는 아이를 생산하여 가계를 이어가려는 간절한 의미가 담겨있기 때문에 그는 비로소 이해하게 되지만, 유목생활의 특성에서 오는 전통이라 할 수 있는 이러한 관습 앞에서는, 유교의 가르침 남녀칠세부동석(男女七歲不同席)을 동방의 예의로 삼는 우리의 사고가, 오히려 촌스럽게 여겨질 정도로 그들에게는 지극히 자연스러운 것이었다.

테렐지의 강물은 흐르던 물줄기 모습그대로 얼어붙어 있었고, 강 건너 자작나무숲사이로 보이는 방목된 암낙타 옆에 바짝 곁붙어 있는 어린낙타새끼 한마리가, 몽골에 씨를 뿌린 자신의 아들 솔롱고가 일곱 살이 된 것을 일깨워 주었다. 초등학교에 들어갈 나이가 된 것이다.

낙타는 자신의 새끼에 대한 애정이 유독 강한 짐승이다. 목동작가 냠일학와페렌레이(1975~)의 체험적 단편소설 『하이닥 잉게/Хайдаг ингэ』[3])를 보면, 자신의 새끼가 사산(死産)된 줄 모르는 암낙타는, 어린낙타 떼들이 멀리 보이기만 하면 넘치는 젖을 먹이려고 정신없이 그곳으로 달려가, 무리 속에서 자신의 새끼를 찾지만 새끼는 보일 리 없고, 결국 작은 얼굴을 찡그리고 슬피 울며 돌아오는 장면이 있다. 자신의 새끼를 애달피 그리는 암낙타의 모습을 매번 바라봐야 하는 어린 목동은 가슴아픈 애수(哀愁)를 느낀다.

비로소 그는 겨울을 보내는 그녀의 고향 구르반사이항 초원목축지를 갔던 기억과, 아르항가이 호통트 솜, 그녀의 외가에서 그녀 외할머니와 외숙부를 만났던 일, 그리고 외숙부의 안내로 이흐 타미르강변 선 돌 군락지탐사를 하면

---

3)하이닥 잉게/Хайдаг ингэ : 새끼 없이 젖을 짜는 암낙타

서, 또 다른 유목민외숙부들과 생활했던 아스라한 일들을 묶은 기억 속에서 끄집어 내었다.

그녀와 자신의 아들 솔롱고를 찾을 수 있는 길이 있으면서도 왜 막연한 생각만 하고 있었을까, 이제 일곱 살이 된 자신의 아들 솔롱고는 어떻게 자랐을까, 학교는 어떻게 들어갈까, 낙타새끼 한 마리를 보고서야 자신은 한갓 사산된 새끼를 찾는 어미낙타만도 못하다며 스스로를 질책하며 탄식을 거듭했다.

울란바타르 도심의 버스운행은 눈이 쌓여도 지속되지만 시외로 나가는 버스는 아예 운행을 멈춘다. 3월이 다가오고 버스운행이 부분적으로 재개되자, 그는 아르항가이 호통트 정착민촌, 그녀의 외가도 물론 생각났지만 먼저 돈드고비아이막 만달고비 솜으로 서둘러가기로 마음먹었다.

머나먼 그곳, 구르반사이항은 돈드고비아이막 행정구역이어서 아이막소재지 만달고비행정부에 그녀의 가족부와 목자등록이 어떻게 되어있는지 확인부터 해볼 참이다.

그 생각이 맞다면, 고향인 구르반사이항 목축지에서 그녀가 겨울을 보내고 있을 거라는 추산과, 행정부에서 목축이동구역을 관리하므로, 기록되어있는 한해 이동경로를 알 수 있을 뿐더러, 3월이 닥치면 유목민들이 다음 목초지로 이동하기 때문이다.

그녀 선조들의 유목지역은 본래 구르반사이항부터 북쪽 어워르항가이를 거쳐 툽아이막, 그리고 볼강아이막과 아르항가이 이흐 타미르 강까지 이른다. 다시 역(易)으로, 구르반사이항으로 내려와 겨울을 보내는 것으로 그는 알고 있었다. 그 생각이 옳고, 필시 그녀의 고향 구르반사이항 목초지로 서둘러 간다면 가축을 몰고 이동을 하기 전에 그녀와 아들 솔롱고를 만날 수 있을지 모른다.

낭일(曩日), 아름다운 흑화(黑花)의 땅 항가이초원에서 한참 달아오른 애정으로 사랑을 나눌 때, 꽃 멀미 끝에 머루 눈동자를 깜박이며 그녀가 말했었다.

"당신께 드릴말씀이 있어요."

"무슨 말인지 해봐요."

"전, 이제 당신의 아이를 꼭 낳을 거예요. 꼭 사내아이를 낳아 떳떳하게 아들 앞으로 목축재산을 상속받을 거예요. 그리고……."

"그리고?"

"네, 그리고 아이의 이름은 솔롱고(무지개/солонго)라고 부를 거예요."

"솔롱고?"

"네, 당신의 사랑을 느끼며 씨앗을 받을 때, 푸른 하늘에 때 아닌 무지개가 피었거든요. 몽골은 자연에 비유하고 어떤 연유에 의해 이름을 지어요. 전통대로라면 아버지이름을 성(性)으로 쓰니까 당신이름을 성으로 붙여, 이름을 쓰게 되는 거지만, 위대한 조상이 있는 만큼 맨 앞에 붙여 '척트타이츠, 그리고 당신이름, 솔롱고'로 출생등록을 하는 거지요. 본래 몽골은 이름 앞에 아버지의 이름을 성으로 쓰고, 위대한 조상이 있으면 자랑삼아 그 조상의 이름을 맨 앞에 붙여 써요. 그래서 이름이 길고 아버지의 성에서 할아버지를, 할아버지 이름에서 위로 계속 올라가 추적하면 조상들의 내력을 알 수 있어요. 하지만 당신이 원하지 않으면 당신이름으로만 성으로 붙일게요. 그건 당신 마음에 달렸어요. 저는 본래대로 모두 성으로 쓰고 싶어요. 자랑스럽잖아요! 당신 의견은 어때요?"

"뜻대로 해요. 동의할게요."

강 건너 자작나무숲속에 숨어있던 기억의 회상 끝에, 그는 망설이지 않고 배낭을 꾸렸다. 만달고비를 가는 버스는 오후 네시에 있었다. 울란바타르를 벗어난 버스는 아스콘이 깔린 도로와 잔설이 남아있는 초원흙길을 번갈아 달리며, 어워르항가이를 벗어나 만달고비로 가기까지에는 버스에서 삼일 밤을 자야했고, 기사가 머물러주는 정류소식당에서 끼니를 떼우며 나흘 째 되는 날 아침, 만달고비 솜에 도착했다. 이제 가족부와 목자등록이 확인 된다면 다시 만달고비에서 그녀 숙부의 목축지 에르데느를 찾아가는 데는 초원흙길을 하룻동안 꼬박 걸어야 한다.

예전에 구르반사이항 아르갈리산양 서식처 동굴탐사를 홀로갈 때, 그녀는 먼저 숙부의 도움을 받도록 해주었고 숙부의 집에서 하룻밤을 묵은 다음, 숙부는 그에게 말한 필을 내주고 그곳을 갈 수 있는 먼 곳까지 따라 나와 가는 길을 알려준 적이 있었다. 살아계실지 모르지만 설사 그렇더라도, 그녀와 이종형제가 되는 숙부의 아들 테믈랭을 볼 수 있을 것이다.

4

호통트

한편, 구르반사이항에서 올라와 다시 울란바타르를 떠난 엥흐자르갈이 탄 버스는, 멀리 소부륵[1])이 솟아 보이는 어워르항가이 하르허릉 에르덴죠 사원을 지나, 석양 무렵 볼강아이막 간이정류소에 멈췄다. 투브아이막을 거쳐 어워르항가이까지 벗어난 것이다. 그녀는 승객모두와 식당으로 들어가 저녁식사를 했고, 석양의 긴 그림자를 끌고 다시 달리는 버스의 차창 밖 해지는 석양을 바라보며 그와의 지난날을 그리며 회상에 젖었다.

조부는 그녀가 남자를 맞이하여 집안의 대를 이어가고, 가업(家業)인 목축을 상속받을 아들하나 둘 생각은 하지 않고 도시로 나가 공부만하는 것을 무척 못마땅해 했다.

방학이 되어 목축지로 들어오면 집안의 대를 이어갈 생각조차 하지 않는다며 늘 성화를 댔다. 하지만 대학원졸업 후 근무하던 교육부직장을 그만두고 조부의 목축지로 들어 가려 할 무렵, 교육부를 찾아온 UB대학학과장인 친구

---

1)소부륵/суварг : 불교 사리탑.

를 만나 몽골바위그림을 연구하며 글을 쓰려고 연구교수로 오게 된 그를 알게 되었고 그의 코디네이터로 공식채용되었다.

그 뒤부터 그림자처럼 곁붙어다니며 처음부터 애정이 움튼 그녀는, 설 명절연휴에 가문의 역사를 알고 싶어 하는 그를 데리고 조부의 목축지를 함께 갔을 때, 낙타 등에 걸린 광주리에 식수로 쓸 얼음덩어리를 담아 나르면서, 얼어붙은 강 위에서 강하게 일어난 향심의 마음을 견디지 못해 그에게 사랑을 고백해야만 했다. 마침내 그로부터 사랑의 씨앗을 받은 이듬 해, 솔롱고라 이름 붙인 조부의 목축재산을 떳떳하게 상속받을 아들을 낳았다. 그리고 솔롱고의 나이 다섯살이 되어 조부에게 어린 솔롱고의 몫으로 목축재산을 상속받을 수 있었다.

고대부터 초원대지에 노출되어 있는 여러 바위그림유적지 탐사와 그의 연구교수임기가 끝나갈 무렵, 마치 신혼여행처럼 떠난 아름다운 흑화의 땅 항가이초원에서 그와 사랑을 나누며 씨앗을 받을 때, 푸른 하늘에 때 아닌 무지개가 피었고, 그녀는 아들을 꼭 낳아 솔롱고(무지개)라 이름 짖고, 조부의 목축재산을 떳떳하게 아들 앞으로 상속받겠다고 그에게 다짐했었다.

그들이 신혼여행처럼 여행을 다녀오자 어머니는 반가워하며 그가 임기를 마치면 한국으로 돌아간다는 것을 알면서도, 목축지에 새로운 게르를 세워 둘만의 신방살림을 꾸려놓았다. 그 때, 어머니가 마련해놓은 신방살림을 보고놀란 그는 당황했고 어떻게 할 줄을 몰랐다. 어머니는 그곳에 둘의 침대를 들여놓았고 작은 침대 하나는 앞으로 낳게 될 아들 솔롱고의 침대라고 말했다.

갑작스럽게 전통혼례의식을 갖추어 치를 수는 없었다. 몽골의 혼인풍습은 지역과 부족에 따라 차이가 있고, 보편적으로 공통적인 절차를 가지고 있다. 배우자선택은 부모의 권한이며, 우리의 혼례풍습에서 역술가에게 신랑신부의 궁합(宮合)을 본다든가 하는 공통점이 있다. 또 신부 집에 사주단자를 보내듯이 몽골은 신랑 측에서 중매인을 보내 하닥(비단천)을 전하고, 하닥을 받지 않고 돌려보내는 경우 혼사가 이루어지지 않는다.

어머니와 조부는 장차 아이를 낳을 것이므로 형식은 갖추어야 한다며 요약된 혼례만 거기에 준하는 상징적 의식은 빠트리지 않았다. 그녀의 어머니는 엥흐자르갈이 결혼을 하게 되면 신랑에게 주려고 손수지어 놓은 전통의상 푸른 비단 델[2])과 속옷을 꺼내어 그에게 입혀주고, 태양과 달의 민족으로 여기는 상징성의 화려한 무늬가 있는 터허 륵척 전통말가이(모자)를 씌워주었다. 그리고 활과 화살을 가져와 그에게 주면서 동쪽으로 쏘게 했다.

본래 신랑이 활과 화살을 가져와 신부 집에서 동쪽으로 활을 쏘는 거지만, 이렇게 상징적 의식을 갖춘 것이다. 그 가 몇 개의 화살을 날리고 나자, 조부는 엄숙하게 엥흐자 르갈과 그를 나란히 앉혀놓고 축원을 올렸다.

축원은 본래 그녀 부친의 몫이지만 그녀는 부친이 없기 때문에 조부가 대신했다. 활과 화살은 고대부터 남성에게 행운의 불꽃을 타오르게 한다는 길상(吉相)을 의미한다. 전체 적으로 넓게 보았을 때, 이러한 부분을 제외한 나머지 몽 골전통혼례의식에서 우리와 많은 공통점을 발견할 수 있 지만 여기에 기술하지는 않았다.

그리고 다시 조부가 엄숙하게 차강하닥(하얀 비단천)을 목 에 걸어주고 은잔에 술을 따라 그에게 권했다. 가문의 한 가족으로 받아들인다는 의미다. 그 술은 한번에 마셔야하

---

2) 델/ДЭЛ : 한복 위에 입는 우리의 마고자 같은 전통의상.

며 그가 은잔의 술을 단숨에 마시고 나자, 어머니는 엥흐자르갈을 그의 옆에 앉히고 긴 머리칼을 양 갈래로 타고 뒤로 묶어 몽골식낭자를 틀었다. 이제 엥흐자르갈이 부인이 되었다는 것을 의미한 것이다. 2000년 전부터 이어온 오랜 유목문화의 특성과, 작금의 시대에까지 성비율이 맞지 않는 현실 속에 가문의 대를 이어가기 어려웠던 만큼, 이렇게라도 그로 하여금 그녀 가문이 대를 이어가게 된다는 것이 그들에게는 그토록 큰 것이었다.

그 첫날 밤, 대지는 초원의 싱그러운 풀냄새와 가축들의 마른 배설물향기가 가득했고, 은하수가 맑게 흘렀다.

교교한 밤바다 별빛소나기 속에 게르 천창으로 스며들어온 달빛에 비친 그녀의 머루눈빛은 별처럼 빛났고 믿음직스러웠다. 대지와 하늘의 경계가 무너져 하나가 되었고, 그들도 하나가 되었다. 그는 엥흐자르갈의 가슴위에서 끝없는 구릉을 넘고 넘듯 오래도록 출렁였고, 격정의 순간 꽃 멀미를 느낀 그녀가 몸서리치는 전율로 힘주어 그를 안으며 말했다.

"사랑해요. 당신은 이제 우리가족이 되었어요. 그리고 몽골을 떠나셔도, 저는 당신만을 사랑할 거예요. 언젠가 이흐 타미르 강변에서 말씀드렸죠! 아무것도 전제하지 않는다고, 다만 진실하게 당신을 사랑할 뿐이라고."

　고비의 자연이 아무것도 전제하지 않는 무한대의 관용으로, 초지를 제공하고 자연생태를 지켜주듯, 그녀는 처음부터 그에게 무한대의 사랑을 주었다.

　하지만, 아무것도 전제하지 않는다는 것을 누누이 말했으면서도 솔롱고는 커갈수록 아빠를 빼닮아갔고, 솔롱고로부터 그를 느낄 때마다 엥흐자르갈은 체념해야만 했던 그리움에 몸부림쳤다.

　더구나 한 가족의 살림과 그의 침대를 그대로 둔 어머니가 마련해준 집, 단위에 올려놓은 그녀와 그의 모습이 담긴 편액을 솔롱고는 애지중지 다루었고, 언젠가는 아빠가 찾아올 것이라며 그가 없는 게르와 침대를 치우지도 못하게 했다.

　어린 솔롱고의 아빠에 대한 집착은, 아들로서 가문을 이어가게 된 것 만으로 만족해야만 했던 그녀가 지닌 모계중심사고를 여지없이 깨트려버렸다. 그리고 모계중심사고에서도 아이에게는 아빠도 그만큼 중요하다는 것을, 솔롱고로 하여금 그녀는 깨달았다.

　커져만 가는 그리움과, 어워만 보면 그곳으로 달려가 아빠를 만나게 해달라고 애달피 텡게르 신에게 어린 두 손으로 빌고 또 비는 솔롱고를 보면서, 그를 붙잡지 못한 것을 그녀는 가슴을 치며 후회했다.

버스는 다음날 아침 호통트 솜 정류장에 도착했다. 다른 지역도 마찬가지지만, 아르항가이아이막 호통트 역시 양고기를 거래하는 푸줏간건물과, 전통재래시장이 정류장마당과 붙어있기 때문에, 주변은 항상 많은 사람들로 붐빈다.

버스에서 내리자마자 헐벙살바르(холбооны салбар/통신소)를 찾아들어 간 그녀는 행여나 하고 기억나는 그이가 알려주고 간 한국 헨드폰번호로 국제전화를 신청했지만 되지 않았다.

최후수단으로 아가씨의 이메일로 그이에게 메일을 띠우려 부탁했지만, 그이의 메일 어드레스마저 확실하지 않아 메일마저 띄울 수 없었다.

마음만 무거웠다. 포기한 그녀는 외숙부내외의 선물 몇 가지를 사들고 정착민마을로 무거운 발걸음을 떼었다. 모두 깜짝 반가워했다. 구르반사이항에서 이곳을 오고가자면 열흘이 넘게 걸리는 먼 길이다. 그래서 몽골은 인척을 찾아보기가 어려운 땅이다.

외할머니가 편찮을 때, 닷새를 걸려 어머니와 왔지만 정작 임종은 보지못했다.

외숙부는 엥흐자르갈의 눈치를 살피면서 조심스럽고 어렵게 그의 소식을 묻는다.

"솔롱고 아빠와 연락은 되느냐?"

하고 묻자,

"솔롱고가 태어났다는 소식을 메일로 전하고서 솔롱고를 키우며 정신없이 살다보니 답장확인도 할 수 없었어요. 더구나 초원오지로 들어가면 헨드폰도 안되잖아요. 이제는 소식을 전할 길이 없어요. 제가 보낸 메일을 보셨을 테니까, 아마 국제전화도 여러번 하셨을지 몰라요. 오면서 통신소에 들려 한국으로 국제전화를 신청했는데 안된다네요. 아들소식에 아마 오셨다가 저를 찾지못하고 가셨을지도 몰라요. 하지만 정이 많은 분이어서 아들을 보려고 언젠가는 꼭 찾아오실 분이예요."

그러면서 그녀는 눈물을 글썽였다. 외숙부는 동정어린 표정으로 말했다.

"알았다. 언제라도 꼭 왔으면 좋겠구나."

"네, 언젠가는 애 아빠가 구르반사이항이 아니면 이곳으로도 찾아오실지 몰라요. 학교에 계시면서 여기를 모시고 왔을 때, 그 분이 연구하는 사슴 돌 바위그림지역을 외숙부님께서 모두 안내해 주셨잖아요."

"그래, 염려마라. 만약 애 아빠가 오면 네 목축지로 바로 데리고 가마."

"외숙부님, 그리고 목동 서너 명만 구해주세요. 바로 데려가야만 이곳에서 솔롱고 학교를 보내고 목축지이동을 할 수 있어요. 가축이 늘어나 손이 너무 모자라요."

"알겠다. 정착민촌에는 노는 사람이 태반이다. 바로 나가서 알아봐 주마."

가축 수를 묻고 외숙부는 이틀 동안 네 사람의 목동을 구해왔다. 그녀는 그들 중 목축경험이 많은 가장 어른이 되는 분을 목동반장으로 지목하고, 만달 솜에 그들의 목동등록을 마치고 구르반사이항으로 데려왔다. 그리고 목동반장에게 다른 목동들에게 말과 낙타와 양떼, 소와 야크, 해야 할 일들을 나누어 주게 하고, 이동준비를 하게 한 뒤 외갓집으로 데려간 솔롱고는, 외숙부내외를 퍽 따르면서도 엄마를 떨어지지 않으려고 줄곧 울었다. 솔롱고를 안고 그녀가 양 볼에 뽀뽀를 해주며 달랬다.

"방학에는 엄마가 데리러 올게. 학교를 다니고 있으면

우리아들이 보고 싶어서 아빠가 이곳으로 찾아올지도 몰라. 알았지?"

하고 말하자 솔롱고는 그때서야 눈물을 거두고 밝아진 얼굴로 말했다.

"정말? 그럼 꾹 참고 학교를 다닐게. 엄마."

아빠가 찾아올지 모른다는 한마디 말에 그렁그렁 맺힌 눈물을 거둔 솔롱고의 애잔한 눈빛에, 일순 그녀는 가슴이 아팠다. 그리고 며칠 뒤 호통트 초등학교에 솔롱고를 입학시켰다.

구르반사이항으로 돌아온 그녀는 이동준비를 서둘렀다. 이동 길에는 젖을 짜기 힘들기 때문에, 어머니와 그녀는 며칠 동안이나 젖이 불어난 가축들의 젖을 짜내어, 내젖고 응고시켜 버터를 만들어 부피를 줄였고, 포를 떠 말린 양고기로 버르츠[3]를 만들어 이동 길에 먹을 식량을 비축했다. 목동들은 게르 외벽을 덮었던 에스기[4]를 걷어내고 주저앉힌 낙타 등에 에스기뭉치를 끈으로 묶고 낙타를 일으켜 세운다. 여러 마리 낙타 등에는 게르의 뼈대인 나무골조와 지붕받침 나무, 그리고 찬장, 분해한 침대 등 주로 무거운 것들을 올려 묶고 가축떼를 몰고 다음 목초지로 떠난다.

---

3) 버르츠/борц : 말린 양고기 가루.
4) 에스기/эсги : 게르 외벽을 덮는 방한용 양털 펠트.

유목민들의 주거인 게르는 이동이 간편하게 지어졌으며, 여름에는 한 겹의 에스기를 덮지만 겨울에는 두 세 겹으로 덮는다. 게르 한 채를 짓는 데 소요되는 시간은 단 3-40분 정도면 족하고, 게르의 문은 모두 정남쪽을 향한다. 때문에 초원에서 방향을 잡을 때 게르 문을 보면 된다. 내부공간은 크게 세 개의 원형공간으로 나누며, 첫 째 공간중앙은 토륵(무쇠난로)을 놓고 연통을 세우는 공간이다.

두 번 째 공간은 사람이 앉거나 활동하는 공간으로 바닥에 깔개를 펴놓는다. 세 번째 공간은 궤(설작)나, 침대 등을 놓고, 내부를 다시 동(東)과 서(西)로 나누어 동쪽에는 생활에 필요한 음식, 그릇, 식용구. 서쪽에는 아이락(馬乳酒), 가축의 젖, 말안장, 말채찍, 낙타가죽 끈 등을 놓는다. 동북쪽은 주인의 공간, 북서쪽은 손님의 공간이다.

유목민들은 내부공간을 오행12간지(五行十二干支)로 적용했다. 출구는 언제나 정남방(正南方)이다. 정북방(正北方) 자궁(子弓)에는 단위에 불상을 모시고 작은 불구(佛具)로 경전이 들어있는 자그만 법륜(法輪)과 요령이 있고, 달라이라마의 경전도 눈에 많이 띈다. 좌·우에는 조상의 사진이 들어있는 편액이 있다. 시계바늘방향으로 돌아, 남방 문 쪽은 오궁(午弓)으로 말(馬)에 관련된 것들을 둔다.

서쪽 신궁(申弓)은 잔나비궁이다. 손님이 앉는 자리로 손님이 앉을 깔개와 침대가 있다. 남자손님은 게르 오른 쪽, 여자는 왼쪽에 앉는다. 오른 쪽을 존중하며 이것은 하늘 방향으로 여기기 때문으로, 왼쪽은 태양방향이다.

가장 중심은 토궁(土弓)이다. 중심천창(天窓)에 환기구가 있고 그곳으로 들어오는 빛살로 기후를 예측하고 풀이 많은 곳을 알아내기도 한다. 그래서 유목민들은 천창을 게르의 생명으로 중요하게 여겼고, 하늘과 연결되는 통로로서의 상징성을 갖는다.

5

머나먼 구르반 사이항

마침내, 돈드고비 만달 솜 버스정류장에서 내린 그는 길을 물어 러시아건물양식으로 세워진 아이막 청사행정민원실로 찾아들어가, 사유를 말하고 그녀와 어머니와 아들 솔롱고의 가족부, 그리고 목동등록여부를 담당직원에게 물었다. 큰 몸집에 나이가 들어 보이고 호르강말가이에 적갈색 델을 걸친 여직원은 의문스런 눈으로 바라봤다. 그녀가 걸친 적갈색 델은 부족을 따지자면 아마 보리아드 부족출신인 모양이었다.

　신분증을 요구한 그녀는 그가 내민 학교신분증과 국적이 표기된 주민등록증과 같은 거주지등록증을 확인했다. 그녀는 국적을 보고서 눈을 크게 뜨고 금방 호감을 보이는 표정을 지었다. 그리고 자신의 요구에 따라 작성한 열람신청서를 확인하고 안으로 들어가 가죽양장표지의 두터운 오르깅부르트겔(ургийн бҮртгэл /호적부)을, 무거웠는지 양팔로 가슴에 안고나와 치아가 보이도록 활짝 웃고, 손을 내밀며 악수를 청했다.

그러더니 펼친 한 곳을 손가락으로 짚어주며 또다시 그를 바라보고 엄지를 세우며 또 활짝 웃었다.

그녀의 친절은 그만큼 호감이 간다는 뜻이다. 그녀가 짚어준 호적부에는 키릴자모 솔롱고의 이름 상단에, 자신의 이름이 아브(aaB/아버지)로, 에쯔(ээж/어머니)의 이름이 엥흐자르갈로 등재된 내용에 자신의 국적이 설렁거스트(солонгост/한국)로 표기된 내용에 그는 일순 가슴이 뭉클했다. 이미 자신은 몽골 한 가족의 가장으로 등재되어있었다.

그렇게 확인이 되고서야 그녀는 목자관리대장을 가져와 목자등록내용과 한해 목축이동지역이 등재된 파일을 보여주며, 어떻게 관리가 되는지 열심히 설명을 곁들였다.

유목민들이 이동을 시작하는 때여서 마음이 다급했다. 꼬박 하룻길을 걸어 에르데느초원에서 그녀 막내숙부의 아들 테믈랭을 다행히 만날 수 있었다. 숙부는 돌아가셨다고 했다. 그러니까, 굳이 촌수를 따지자면 테믈랭은 그녀와 이종형제관계로, 그녀가 누나가 되고 그에게는 처남이 되는 셈이다. 그를 보자 테믈랭은 반갑게 안으며 말했다.

"세상에, 이렇게 오시다니, 내일아침 일찍 구르반사이항으로 들어가세요. 이동철이어서 머물시간이 없어요. 솔롱고가 얼마나 아빠를 보고 싶어 하는지 모른데요. 제가 모시고 갔으면 좋겠지만 지금 보듯이 이동준비중이어서 혼자 다녀오셔야 하겠어요. 오지여서 핸드폰도 아예 쓰지 못해 연락도 할 수 없어요.”

그는 여러 목동들과 부산하게 이동준비를 하고 있었다. 설작은 설작대로, 게르 외벽을 덮는 에스기는 에스기대로 쌓여있고, 최소한의 잠잘 게르만 남겨두고 게르의 뼈대인 나무골조를 모두 분해하여 묶어놓았다.

다음날 새벽에 일어나자 테믈렝은,

“지금 입으신 복장으로는 구르반사이항을 갈수 없어요. 여기가 3월이면 그곳은 2월이예요. 기온차가 한 달 차이가 나거든요.”

그러면서 설작을 열고 부드러운 새끼양털이 내피에 누벼진 푸른 델 한벌을 꺼내어 입혀주고, 온통 늑대털로 만들어진 털모자에 양털내피의 고탈[1]한 켤레를 내주며 말하기를,

“만약 누나를 만나면 다행이지만, 못만나고 돌아오시게 되면 제가 없을 거예요. 곧바로 이동하니까요. 그러거든 타고가시는 말은 만달 솜 그 가게 아시죠? 아버님 살아계

---

[1] 고탈/гутал : 목이 긴 가축신발.

실 때 언젠가 혼자 오셨다가 맡겨뒀던 그상점 앞에 매어두
고 주인에게 말해 두세요."

하고 당부했다.

어둑발에 덮여있는 새벽바람 속에 안장고정대에 배낭을
걸고 길을 나섰다. 걱정이 되었는지 그의 아버지가 생전
그랬던 것처럼, 얼 만큼이나 따라 나온 테믈랭이 되돌아가
다가 떠오르는 태양을 등지고 언덕마루에서 말머리를 돌
려세우고 큰 소리로 외쳤다.

"빨리 가셔야 누나를 만날 수 있어요. 곧 이동할지 몰라요."

그의 모습을 정시할 수 없을 정도로 투사되는 아침햇살
에 눈이 부셨다. 정이 많은 그였다.

동편바위산맥이 턱이 되어있는 절벽아래 고비사막 반사
막대지로 그는 세차게 말을 몰았다. 그녀의 겨울목축지가
확인됐던 대로 테믈랭에게도 재확인되고, 솔롱고가 아빠
를 보고 싶어 한다는 말에 애가 닳은 그는, 테믈랭이 내준
밤색 말을 몰고 그녀의 목축지로 향했다. 눈섶에 서릿발이
서릴정도로 고비의 아침은 추웠지만 테믈랭이 입혀준 델
과 늑대털모자와 고탈은 상상외로 따뜻했다. 말안장 고정
대에 배낭을 걸고, 벅츠(6orⅡ/안장가방) 양편에는 가면서 마

실 수태채가 담긴 덤버[2]와 버르츠가 가뿍 담겨있다.

한번 다녀갔기 때문에 눈에 익은 초원의 모습들이 점차 시야에 들어온다. 그녀의 조상들이 바위그림을 새겨놓았다는 구르반사이항 바위산맥 아르갈리산양들의 서식처동굴을 처음 찾아갔던 그 초원흙길로, 그는 다시 가고 있었다. 그때 보고 지금다시 보아도 벨트처럼 끝없이 이어진 바위산맥, 도화지에 여기저기 선만 그어놓고, 구체적인 대상을 설정해놓지 않은 것 같은 단조로운 땅 구르반사이항, 선사시대부터 그녀의 조상들이 대가족을 이루었던 땅이자, 그녀가 태어 난 곳이다.

지난 적에, 자신의 조상들이 아르갈리산양들의 서식처동굴에 새겨놓은 바위그림유적지를 찾아가는 그를 홀로 보내놓고, 그의 안전이 걱정되어 그녀는 밤낮 없는 걱정에 시달렸다. 생수가 떨어지고 고갈 증에 물터를 찾아 헤매던 그는 급기야 홍고린사막에서 날려 오는 거친 모랫바람 속에서 말 등위에서 지쳐 쓰러져 의식을 잃었다.

바람 속에 날리는 말떼의 냄새를 맡은 그가 몰고 간 영리한 말 치흐르(말馬이름)[3]는, 다행히 말떼가 몰려있는 한 유

2)덤버/домбоо : 구리주전자.

3) 치흐르/чихэр :설탕.

목민의 목축지로 데려갔고 유목민 만다흐빌랙 노인은 의식을 잃은 그를 간호했다. 이 무렵, 그의 걱정에 영적(靈的)으로 시달리던 그녀는 무당을 찾았고, 그가 생사귀로에 놓였다는 말을 듣게 되자 그의 안전이 걱정된 그녀는 무당에게 어워 굿을 청하고도 걱정을 참지못해 급기야 구르반사이항으로 달려왔다. 그녀는 이곳저곳을 헤매다가 종래 유목민노인 만드흐빌랙의 집으로 찾아와 의식을 잃은 그를 비로소 찾아 그의 목숨을 구했다.

사물의 긴 그림자를 끌고가던 태양이 드문드문 잔설이 남아있는 파스텔톤 갈색대지에 마지막 노을바다를 만들무렵, 거친 바람을 막아주는 잿빛바위절벽아래 예전에 하룻밤 유숙했던 곳에 다다르자 그는 짐을 풀고 그 자리에 텐트를 쳤다. 그리고 잠자리를 정리하고 테믈랭이 챙겨준 버르츠를 한주먹 씹으며, 수태채 한사발로 저녁식사를 했다.

만약 에르데느에서 테믈랭을 만나지 못했다면, 그녀와 솔롱고를 찾을 생각은 엄두도 낼 수 없었다. 가족부를 확인한 것만으로 만족하고 포기할 참이었다. 이렇게 가족을 찾아 구르반사이항을 올수 있었던 것은 다행히 테믈랭을 만났기 때문에 가능했다.

혹시 모를 늑대의 출현이 무서운 그는 예전처럼 주변나무를 주워 모아 텐트 앞 커다란 바위 앞에 모닥불을 피웠다. 밤 기온이 차갑기도 했지만 타오르는 불길에 검부재기를 덮어 연기를 내는 것은, 이곳을 오지 말라는 늑대에게 던지는 경고다. 초원생태를 알지 못하고는 함부로 혼자 올 수 있는 곳이 결코 아니다. 이처럼 강한 목적과 의지력과, 초원탐사의 쌓인 체험이 없고서는 절대 불가능하다. 이렇게 척박한 대지의 밤을 홀로 견디는 힘은, 한 점 혈육 자식과 그녀에 대한 짙은 그리움에서 나온다.

바위에 몸을 기대고 앉아 그녀와 아들 솔롱고를 그리며 밤하늘을 바라본다. 개밥바라기별만 반짝이던 백야처럼 밝은 하늘에, 우박처럼 떼별 빛이 우수수 쏟아져 내린다. 은하수물결에 돛단배가 보이고, 둥근 달 속에 옥토끼 두마리가 떡방아를 찧는 모습이 보일정도로 맑게 흐른다.

밤의 대지는 순간순간 빠른 변화를 보였다. 전에 보지 못한 현상이다. 검어도 투명한 어둠이 일순 대지공간에 번지고, 백야가 찰나에 사라진 하늘에 청록빛깔 오로라가 드넓은 하늘을 뒤덮더니 일순간에 흩어진다. 그리고 다시 장엄한 무지개 빛 오로라가 온통 하늘을 다시 뒤덮고, 계속 변화하는 프루샨블루우 형광 빛 오로라 속에 반짝이는 별빛, 꿈에도 보기 드문 장관이다. 모든 자연생태가 잠들었지만 구르반사이항 밤의 대지는 이처럼 천변만화(千變萬化)로 길게 호흡하며 변화가 무쌍하다.

밤이 깊어갈수록 살 속을 파고드는 차가운 냉기 속에 깊은 수면에 빠진 그를, 팽팽하게 당겨진 명주실 같은 날카로운 한줄기 햇살이, 화살처럼 텐트 안으로 투사되며 깊은 잠을 깨웠다. 침낭지퍼를 열고 허물을 벗고 나오는 뱀처럼 밖으로 기어 나온 그는, 자작나무에 메어두었던 말고삐를 풀고 한참동안 말머리를 쓰다듬고 소통을 했다.

그리고 풀밭으로 끌고 가 앞다리를 고삐로 감았다. 말은 조금씩 이동하며 마른풀을 뜯기 시작했다. 말의 아침식사다. 앞다리를 고삐로 느슨하게 메두는 것은 멀리 가는 것을 막는 것이다. 초원에서 말이 없다면 살아나기는 힘들다.

더구나 그가 자신의 주인이아니라는 것을 말은 알고 있다. 때문에 그는 말과 소통하는데 힘을 기울여야했다. 하루정도를 줄곧 같이 지내면 말은 주인으로 여긴다지만 그것은 알 수 없는 일이다.

수태채 한 사발 양에 딱딱하게 마른 버르츠를 넣어 불린다음 코펠에 끓인 아침식사를 마친 그는, 금새 눈섶에 맺힌 서릿발을 털며 저만치 풀을 뜯으며 옮겨간 말 잔등에 풀어놓았던 안장을 올려 묶고, 다시 말에 올라 길을 떠났다. 지금이라도 그녀가 목축지에서 이동한다면 헛된 일이 되어버릴 것이다. 채찍을 휘두르며 빠르게 달렸다. 그렇다고 곧 만날 수 있는 일은 아니다. 하룻밤을 더 지세야만 그녀 목축지에 다다른다.

지면에 깔린 말 그림자가 갈수록 길어지는 것은 태양이 기울고 있기 때문이다. 그는 다시 초원에서 노숙을 해야 하지만 불현듯 생각난 것은, 의식을 잃은 그를 간호했던 유목민노인 만다흐빌랙을 찾아가는 일이다.

조금 전 말했지만 아르갈리산양동굴을 처음 찾아갈 때 뜨겁게 작렬하는 더위 속에 세포가 말라가는 고갈 증에 물터를 찾다가 말 등위에서 지쳐 쓰려져 의식을 잃은 그를, 그가 타고 간 영리한 말 치흐르는 바람 속에 날리는 말떼의 냄새가 나는 곳으로 데려갔던 곳이 유목민 만다흐빌랙 노인의 목축지였다. 그곳으로 찾아가면 그를 만날 수 있을지 모른다. 가는 길이 가까운 곳이어서 그곳으로 세차게 말을 몰았다. 몇 개의 능선사이로 말을 몰다가 시야를 확보하려고 오른 능선위에서 내려다본 붉게 물든 해지는 초원멀리 만다흐빌랙의 목축지가 보인다.

반갑다. 그곳으로 말을 몰고 달려갔다. 게르 앞 마당 기둥사이에 밤색 말을 묶어놓고 말편자를 갈아주던 만디흐빌랙이 달려오는 말발굽소리에 일손을 멈추고 먼빛으로 바라본다. 가까이 온 그를 본 만흐빌랙은 얼른 다가와 말머리의 고삐를 잡아주며 의문스런 눈빛으로 또다시 바라보았다. 유목민들은 말을 탄 손님이 찾아오면 안전하게 내리도록 말머리고삐를 잡아주고, 돌아갈 때에도 안전하게 말에 오르도록 말머리고삐를 잡아주는 것이 상례화 되어 있다.

"바야를라흐 만다흐빌랙 어버."

(маньдахбилэг баярлах θвθθ/반가워요. 만다흐빌랙 할아버지.)

하고 말에서 내리며 말하자 갸우뚱하며 바라보던 그는 비로소 알아보았는지 와락 그를 안고 반가워했다. 소리를 듣고 게르 밖으로 나온 그의 부인 체, 아노칭 할머니가 한눈에 알아보고 활짝 웃으며 다가와 양 어깨를 번갈아 안아주며 반겼다. 만다흐빌랙 노부부 역시 이동준비를 거반 끝낸 상태로 한 채의 게르만 남겨 두고 모두 접어 한쪽에 쌓아 놓았고, 모든 살림도 한곳에 모아있었다.

그들에게 반갑게 이끌려 게르 안으로 들어간 그는 말안장 고정대에 걸어둔 배낭을 가져와 비상용으로 가져온 소금봉지를 꺼내어 선물로 내밀었다. 만약을 위해 유목민 게르에서 신세를 지게 될 경우 필수적으로 지녀야하는 것으로, 염분을 먹이면 가축이 젖이 마르지 않기 때문에 소금은 아주 긴요한 선물이 된다. 서로는 주고받는 허어륵(X өөөрөг코담배 병)으로 인사를 나누고, 만다흐빌랙은 자신들도 곧 목축지를 이동할 거라고 말했다. 다음날 아침 다시 떠나게 되자, 전에도 그랬듯이 할머니는 떠나는 손님의 행운을 기원하는 풍습으로 수태채 사발과 수저를 들고 나와 그가 떠나는 앞길에 뿌려주었다.

갈수록 황갈색바위산맥펠트는 여러 갈래 줄부채 꼴 모양으로 퍼져있다. 아르갈리산양무리는 아직도 눈에 띄지 않는다. 그들 아르갈리산양서식처 가까운 초원은 엥흐자르갈의 목축지가 있기 때문에, 단한 마리가 눈에 띤다할지라도 그것 역시 그녀의 목축지가 가까워졌다는 것을 의미한다. 구릉능선사이로 얼 만큼 달리자, 멀리 바위산봉에 세워진 어워에 감긴 오방색 하닥이, 깃발처럼 바람에 펄럭이는 모습이 시야에 들어왔다. 초원에 세워진 어워는 자연신앙의 산물이지만 나그네의 방향자 역할과, 거리의 방점을 찍는 역할을 해준다. 오래된 그 어워는 그녀의 목축지가 가까운 곳에 세워져있다.

그가 세차게 말을 몰고 어워의 산봉으로 올라선 그곳에는 전에 보지 못한 머리뼈가 붙은 용수철처럼 휘어진 아르갈리산양의 뿔이, 돌무더기에 눌려있는 색 바랜 1000투그릭 지폐 서너 장과 공물(供物)로 놓여있었다. 또 이곳에서부터 안 쪽으로는 아르갈리산양들의 서식처라는 암시가 배어있다. 바람에 깃발처럼 날리는 어워의 오방색 하닥자락들이 펄럭이는 소리가 세차다.

　내려다보이는 갈색초원의 대지가 펼쳐보였다. 멀리 이동하는 가축대열과 여러 목동들의 모습이 아스라이 보이자, 그는 행여 그녀가 이동하는 것은 아닌지, 바위산을 내려와 그곳으로 말을 몰았다. 목동들이 하나같이 모두 소르(/낙타 가죽 끈)가 오르히로 매달린 긴 장대를 들고 가축을 모는 것을 보면 목축지를 이동하는 것이 분명했다.

　가까이 갈수록 식별이 가능할 정도로 그들의 모습이 보였다. 먼지를 일으키며 달려오는 모습을 보았는지, 목동들이 몰던 양떼주변을 몇 바퀴를 돌자 양들이 모두 주저앉는다. 가던 길을 일시 멈추게 한 것이다. 그리고 그가 다다를 때까지 모두는 말을 세우고 바라본다. 세차게 달려온 그가 말고삐를 당겨 세우며 그들에게 말했다.

부르르-, 말이 코를 털었다.

"셈베이노. 비 설렁거스트 이렐레."

(Сайн байна уу, Би Солонгост ирлээ /안녕하세요? 나는 한국에
서 왔습니다.)

하고 먼저 인사를 건네자 그 중 하나가 물었다.

"팀-우? 요타이렐레?"

(Тийм- YY? Юутайирлээ /그-래요? 무슨 일인가요?)

그는 엥흐자르갈의 목축지를 찾아가는 길이라고 말하면
서 그녀를 아는지 물었다. 하지만 그들은 하나같이 설레설
레 고개를 내저었다. 그러면서 구르반사이항 유목민들이
이동을 시작했다고 말했다. 유목 길을 떠나는 그들과 가축
떼의 모습을 바라보며, 더욱 다급해진 그는 방향을 돌려
세차게 말을 몰고 다시 달렸다.

"하- 하-! 츄츄 -츄츄!⁴⁾"

적어도 말 다루는 솜씨만큼은 어디에 내세워도 될만큼
대단하고 세차게 말을 몰 줄 아는 그였지만, 그가 이처럼
빠른 속도로 말을 몰아본 적은 아마 없었다. 영토의 경계
선을 눈앞에 두고 적에게 쫓기는 병사처럼 그는 빠르게 달

---

4) 하- 하-! 츄츄 -츄츄/xa-xa цYY-цYY : 이랴-이랴-. 말을 몰 때 재촉하는
소리

렸다. 조금만 더 달리면 그녀의 목축지로 그곳은 아르갈리 산양들의 서식처중심 가까운 곳이다. 때문에 갈수록 가파른 바위산절벽으로 울린 말발굽소리에 놀란 아르갈리산양들이, 하늘의 무수한 새떼가 일시에 같은 동작으로 움직이듯 우루루 몰려가며 도망친다.

비로소 그녀의 목축지가까이 왔다. 그러나 멀리 내려다 보이는 북쪽바위산 턱이 거친 바람을 막아주는 그녀 선조들이 대대로 살았던 목축지는 텅 비어있었다. 회오리를 일으킨 바람에 검부재기가 절벽을 타고 허공으로 날리고 있을 뿐이었다. 그녀의 조부가 생전에 말해주었던 천연의 요새, 고대 할하부족의 군영, 병책(兵策)의 대지였던 이 일대는 선사시대부터 대가족을 이루고 살아온 그녀의 조상이자 할하부족들의 삶의 터전이었다. 그녀의 조상들이 대를 이어 부족장을 지냈고, 숱한 전쟁으로 성비율의 조화가 무너진 차하르부족들의 빈번한 처녀약탈과 낙타약탈의 침략이 많았다.

할하부족과 차하르부족전쟁은 13세기부터 300년을 이어왔고, 종래 차하르부족은 멸망했다. 생전 조부가 전해준 말로는, 14세기 당대 족장을 지낸 '척트'라는 이름의 그녀의 선조가, 칭기즈 칸 통일전쟁에서 혁혁한 전공을 세웠고, 유럽원정에서 전사한 그에게 칭기즈 칸은 타이츠(영웅/古語)칭호를 부여했다. 칭기즈 칸 비서군단의 기마장수였던 그의 아들 뭉흐토야와 또 다른 후손들이 영웅칭호를 받은 조상들의 자랑스러운 업적을, 대대로 아르갈리산양 서식처동굴바위에 부호와 그림으로 새겼다. 이 내용은 압축하고 요약한 것으로, 엥흐자르갈 가문의 세세한 전설이 존재한다.

이와 같은 가문의 전설을 조부는 생전 그에게 전해줬고, 동굴을 알고 있는 어느 선조가 떠놓은 여러 장의 탁본은 엥흐자르갈에게 유산으로 물려줬다. 수작업으로 얇게 가공한 양피지탁본들을 펼쳐 연결하면 7m가 넘었다. 그것은 거대한 동굴의 깊이를 말한다.

하지만 그 동굴의 위치가 전해지지 않은 것은, 1924년 몽골헌법이 제정되고 사회주의몽골인민공화국이 선포되면서, 목축집단화정책(네그델)으로 갑작스럽게 유목민들의 가축을 몰수하자, 탁본을 뜬 선조는 유목민들을 동원하여 대대적인 반대운동을 주동했다. 그바람에 소련 붉은 군대의 진압작전에 체포된 그는 시베리아로 끌려가 처형된 까닭이다. 이후, 아르갈리산양의 서식처동굴 바위그림은 가문의 전설로만 전해졌다.

그 동굴을 찾으려고 그가 처음 찾아왔던 이곳이 그녀 조상들과 지금 그녀의 겨울목축지다. 그러나 아르갈리산양의 생태를 먼저 연구하지 않고서는 전설의 바위그림동굴을 찾기란 불가능하다는 것을 알게 된 그는, 탐사의 기초적인 방법부터 새롭게 설계하고 철저한 계획을 수립해야 한다는 결론을 내린다.

그러자면 먼저 박물로서의 학술가치가 충분한 탁본자료는 양성화하여 몽골역사박물관에 등재 보존하고, 모든 인류가 볼 수 있어야한다는 지론과, 이를 기초하여 몽골범정부문화국지원도 필요하다는 생각도 가져봤다. 여기에 수반하여 초원에 노출된 많은 바위그림을 바라보는 유목민들의 필수적인 사고의 개선이다.

왜냐면, 어릴 적부터 유목민의 아들로 태어나 초원에서 문맹으로 자란 목동이 암각화를 바라보는 눈은 그저 초원에 널려진 바위나 돌에 불과할 뿐이다.

그것을 뒷받침하는 또 하나의 범례적인 일로, 학과에 남학생이라야 단 하나밖에 없는 바트수흐라는 이름을 가진 학생의 고향을 간 적이 있었다. 그곳에 바위그림이 많다는 말에 그를 따라 간 곳은, 자브항아이막 차강촐로뜨라는 초원으로 그때 말을 타고 그의 큰아버지 칭바트가 안내하는 지역을 며칠 동안 탐사하게 된다. 그곳 군락지의 철기시대 작품으로 여겨지는 경이롭게 새겨진 바위에 새겨진 사슴 문양을 화선지로 덮고 탁본을 뜨는데 눕혀있는 사슴 돌 바위가 먹물 솜을 누를 때마다 빠질 것처럼 흔들렸다.

이때 칭바트가 말했다.
"이걸 뽑아서 게르에 아주 옮길까요?"
이렇게 던지는 말에 일순 충격을 받은 것은 바위그림의 유물가치를 모르는 그의 무지(無知)였다. 이어 그 말을 바트수흐가 거들면서 그의 충격은 더했다.
"돌 그림을 워낙 좋아하시니까, 가실 때 제차에 실어가게요."
나이든 칭바트를 나무랄 수는 없었다. 대신 바트수흐를 꾸중했다.
"바트수흐! 이 바위그림들은 몽골문화유산이야. 학자들은 이것을 가지고 몽골이 인류미술의 발상지라고 평가를 하고, 지금도 많은 학자들이 나처럼 몽골을 찾는데, 대학에서 공부하면서 왜 그런 생각을 하는 거지? 유목민선조들이 새겨놓은 이 바위그림들 보존도, 지켜야하는 것도 유목민이야. 있던 자리에 그대로 있어야 가치가 있어."

"제가, 잘못생각 했어요."

그는 바로 반성했다.

몽골에는 아르갈리산양서식처동굴 바위그림을 찾지 못
했듯이 아직도 발견되지 않은 많은 바위그림들이 존재하
고 있는 것으로 그는 알고 있다. 그렇듯이, 언젠가는 아르
갈리산양서식처동굴 바위그림도 필시 발견할 할 테지만,
전해오는 전설과 그 근거가 탁본으로 분명한 만큼 꼭 발굴
하여 인류에 알려야 할 것이다.

다시 본론으로 들어가, 그녀의 목축지에 다다르자 말에서
내린 그는 말고삐를 잡고 목축지일대를 돌아보았다.

그곳에는 500마리도 넘는 양떼를 사육할 수 있는 여러
곳의 자작나무가축우리와, 말고삐를 매어두었던 나무기둥
사이에 걸린 철삿 줄, 낮은 돌담의 낙타우리, 쌓여있는 땔
감용 마른 아르갈(аргал/소똥)과 허머얼(хомоол/말똥), 다시
돌아오면 쓰게될 판자벽으로 세운 양고기를 말리는 여러
개의 빈 창고들과, 게르를 세웠던 흔적들, 그리고 모래 섞
인 주변대지에 선명하게 남아있는 말발굽과 낙타무리의
넙적한 발자국은, 그녀가 떠난지 오래되지는 않았다는 것
을 의미했다.

말끔히 정돈된 목축지는 다시 겨울이면 이곳으로 돌아온다는 것을 말했고, 평소 정갈한 그녀의 성품을 대변하고 있었다. 높은 곳으로 올라가 내려다보이는 남북동서초원을 둘러보아도, 어느 방향으로 떠났는지 알 수 없는 솟아오른 황갈색바위산맥이 겹겹이 이어진 드넓은 대지는, 게르하나 보이지 않는 유목민들이 모두 떠난 황량한 구르반사이항으로 남아있었다.

6

솔롱고

호통트 초등학교에 입학한 솔롱고의 학교생활이 시작된다. 정착민촌아이들은 솔롱고가 가축이 많은 부잣집아이라는 것도 부러워했지만, 특히, 솔롱고의 아빠가 한국인이라는 것이 관심의 대상이 되었다. 몽골 인들은 몽골반점을 이야기하며 한국을 같은 민족으로 여겼다. 꿈의 나라로 여겼다. 그리고 몽골에서는 보기 드문 무지개(솔롱고)나라로 한국을 지칭했다. 거기에 이름마저 여자이름으로 솔롱고라 부르는 것도 더불어 화재가 되었다.

학적부에 솔롱고의 아버지국적과 이력기록을 본 담임선생이 어느 날 수업 중에 아빠가 한국인이라고 학생들에게 자랑삼아 말한 것이 회자된 것이다.

"솔롱고는 아빠가 한국 사람이란다. 한국 사람들은 우리나라와 같은 민족이나 다름없고, 우리와 똑같이 어릴 적에 엉덩이에 몽골털버(몽골반점/ монголТолбо)가 있단다."

그러면서 담임선생은 솔롱고에게 물었다.

"솔롱고, 아빠는 어디계시지? 한국에 계셔? 아니면 울란바타르 학교에 계시나?"

"학교를 다니고 있으면 아빠가 오신댔어요."

그날 학교에서 돌아온 솔롱고는 엉덩이에 몽골반점이 있는지 바지를 내리고 이리저리 살펴보면서, 자그만 손거울로는 비춰지지 않아 애를 먹었다. 학교에서 아이들이 아빠 이야기를 하면 자랑스럽기도 했지만, 정작 아빠를 본적이 없는 솔롱고는 오히려 그것이 더 슬펐다.

남모르게 솔롱고가 찾아가는 곳이 있다. 호통트의 정착민들이 기원하는 어워다. 자연신앙물인 어워는 넓은 마을 공터에 있기도 하지만, 그 어워는 읍내와 먼 초원이 내려다보이는 북쪽회색바위투성이 산봉너머 바로 아래에 있었다. 남쪽 제일 높은 곳 작은 암자 앞에 세워진 석조미륵불상이 읍내를 내려다보는 곳이었다.

나중에 알았지만 그 석불은 아버지의 나라 한국에서 들여왔다는 것을 알게 되자, 솔롱고는 그것마저도 얼마나 반가웠는지 모른다. 솔롱고가 생각하는 아버지의 나라는 꿈의 나라였다. 그 꿈의 나라에서 아빠가 자신을 찾아올 것이라고 믿으며, 깨끗한 버터를 공물로 올린 어워에서 아빠를 만나게 해달라며 텡게르 신에게 빌고 또 빌었다.

그리고 같은 환경의 모든 유목민자녀들은 솔롱고처럼 늘 곁에 있던 어머니에 대한 그리움도 그들을 외롭게 만들었다. 때문에 모계사회환경에서 유목민자녀들은 어머니노래를 부르며 외로움을 달랬다.

방학이 되어야만 부모를 볼 수 있기 때문에 어릴 적부터 기숙사생활을 하는 유목민자녀들이라면 어머니 노래를 모르는 아이들이 없다. 반면 독립성이 강하게 자란다.

모든 것을 스스로 해결해야 했다. 엥흐자르갈의 외숙모는 솔롱고가 어워에 공물로 올리는 버터를 깨끗한 것으로 항상 준비해 주었다. 아빠를 그리는 솔롱고의 애절한 마음을 알기 때문이다. 엥흐자르갈의 외숙부는 초원형제들의 목축지로 들어가, 봄에 깎아 모아 놓은 양털과 버터와 다른 유제품 등을 모두 솜으로 가져와 시장에 도매로 넘기는 일을 했다.

겨울이면 통째로 잡은 여러 마리의 양고기를 푸줏간에 넘겼고, 초원을 들어갈 때 때로는 물을 가득 채운 커다란 물탱크를 트럭에 싣고 가기도 했다. 물이 없는 초원으로 다른 형제가 이동을 했기 때문이다. 솔롱고는 이흐타미르 강가 친척들의 목축지를 따라가기도 했다.

그곳 암각화군락지를 아버지가 다녀갔다는 말만 들어도 솔롱고는 아버지의 그리움에 고갈 증이 일어났다.

솔롱고에게 마음이 의지되는 동무가 생긴 것은 학교에서 짝궁으로 만난 여학생 자야였다. 그러니까 지난번 어워에 갔을 때다. 바위산을 넘어가면 커다란 산 어워가 있다. 솔롱고는 여느때처럼 돌무지에 샤르터스를 공물로 올리고 세 바퀴를 돈 다음 어워에 절을 올리며 아버지를 만나게 해달라며 텡게르 신에게 빌고 있었다.

그때 절벽위에서 돌멩이 하나가 굴러 떨어졌다. 놀란 솔롱고가 그곳을 올려다 보았다. 내려다보는 사람이 태양 빛 때문에 정시되지 않았다. 솔롱고가 얼른 위로 올라가자 누군가 바위 뒤에 숨었다. 바위 뒤로 다가가자 몸을 숨기고 있던 자야가 벌떡 일어서며 겸연쩍게 말했다.

"솔롱고, 넌 무슨 소원을 어워에 맨 날 비는 거지?"

솔롱고는 아무도 모르고 있는 줄 알았지만 그것을 자야는 알고 있었다.

"자야! 내 뒤를 몰래 밟았구나. 너, 나쁘잖아!"

하고 일순 화를 좀 냈지만 그 뒤 자야와 가까운 사이가 되었다. 자야의 본 이름은 아버지 이름 더르쯔를 성으로 붙여 '더르쯔 자얌마 자야,인데 이름이 너무 길어서 자야라고 줄여 불렀다. 동갑인 자야는 본래 가난했지만 다행히 사회주의무상교육정책이 그대로 남아있기 때문에 학교에 입학할 수 있었다.

　자야의 부모는 유목민이었다. 하지만 수년전 모진쪼드[1] 한파에 가축들이 모두 동사(凍死)하는 바람에 목축업을 접고, 호통트 변두리에 둥지를 틀었다. 그리고 막노동으로 근근한 삶을 어렵게 이어가고 있을 때, 어머니가 솔롱고를 입학시키면서 목축경험자로 외숙부가 특별히 고용해준 사람이 자야의 아버지 더르쯔였다. 목축경험이 풍부한 그를 어머니는 목동반장으로 기용했다.

　그것을 모르고 있다가 지난 겨울 어머니가 호통트 가까운 타미르강변을 겨울목축지로 삼아 그곳에 목영지를 세우고, 방학이 되자 솔롱고를 데리러 왔을 때, 자야와 자야의 어머니를 함께 목축지로 데려갔기 때문에 뒤늦게 알았다. 자야와의 관계는 그것으로 더 가까워졌다. 한 가족이 되었기 때문에 방학이면 함께 부모가 있는 목축지로 들어갔고, 말을 탈 줄 모르는 자야를 솔롱고는 안장 앞자리에 앉혀 말을 태워주다가 종래 말을 탈줄 알게 된 후부터는 눈 덮인 강변자작나무숲속을 가기도 하고, 드푸른 초원을 달

---

1)쪼드/зуд : 살인적인 몽골의 무서운 한파.

리기도 했다. 자야는 솔롱고가 말떼를 모는 모습에 퍽이나 놀랐다. 목축지를 들어가면 100마리도 넘는 말떼를 평소 모습과는 달리 물살을 튀기며 당차게 강건너로 몰아가는 어른 못지 않는 용감한 모습에 솔롱고를 좋아하게 되었지만, 그를 더 좋아하게 된 이유는 또 있었다.

매년 여름에 열리는 몽골축제에서 축제의 꽃으로 부르는 승마대회를 나갈 때마다 우승을 하는 것은 솔롱고 뿐이었다. 그리고 우승으로 받은 패넌트와 하닥을 선물로 받은 뒤부터 자야의 어린봉지가슴에 솔롱고가 들어앉았다.

그래서 어워를 찾아 기원하는 솔롱고의 말벗이 되고 언제나 함께했다. 종래 아빠를 그리워하는 솔롱고의 소원이 자야 자신의 소원이 되었다. 그리고 늘 솔롱고의 곁에만 있고 싶었다.

더구나 목축지를 들어오면 자신의 집에서 자기도 했지만, 때로는 솔롱고의 집에서 밤늦도록 놀다보면 둘은 한 침대에서 잠들기도 했다. 그런 환경은 스스럼없는 둘의 관계를 만들었다. 형제처럼, 때로는 어린이성이 싹트는 계기가 되었다. 그리고 솔롱고는 자야로 하여금 외로움을 잊고 힘을 얻었다.

7

국제교류

머나먼 구르반사이항 엥흐자르갈의 목축지를 힘겹게 다
녀온 그는 숨고르기에 들어갔다. 1월 초순부터 시작되는
학과강의는 4월에 종강되고, 5월 시험 끝에 방학이며 6월
초순에 졸업식이 있다. 그는 졸업식이 끝나는 대로 아르항
가이 호통트 정착민촌, 그녀의 외가를 갈참이다.

　만약 그곳에서도 찾을 길이 없다면, 한해 유목을 마친 그
녀가 구르반사이항 겨울목축지로 돌아올 때를 고누고 있
어야 한다. 막상 몽골을 다시 들어오고, 솔롱고를 낳았다
는 메일을 받지 않았다면 차라리 모르되 알고 있는 한, 그
녀와 아들의 그리움은 끓는 쇳물처럼 뜨거워지고, 구르반
사이항 먼 길을 갔던 일이 헛걸음이 되자 만사가 손에 잡
히지 않았다.

　더구나 가문의 전설, 14세기 몽골통일전쟁에서 칭기즈
칸에게 영웅칭호를 받은 조상의 내력을, 학술적으로 정립
할 목적을 가지고 몽골역사학을 전공한 그녀가 없고서는,
모든 것이 무의미한 것이었고, 가문의 유일한 전설의 바위

그림을 찾으려는 욕망마저도 의미를 상실하고 말 것이다.

이제, 탐사의 기초적인 방법부터 새롭게 설계하고, 철저한 계획을 수립해야 한다는 결론을 내린 만큼, 그만한 일을 추진할 수 있는 기반을 갖추는 일이었다. 하고보면, 몸 담고 있는 대학연구차원으로 끌어올려 본격적인 연구팀 구성도 염두에 둬봤다. 또 근거할 수 있는 여러 장의 동굴바위그림탁본을 유산으로 받은 그녀의 필수적합류는 말할 나위가 없다. 발굴의 기쁨을 함께 나누어야 하는 만큼, 더더욱 그녀는 애정도 애정이려니와 그에게 중요한 존재다. 그러자면 욕망하나로 무모하게 덤볐던 방식이 아니라, 이제는 구조적이고 과학적인 발굴작업계획을 수립하지 않고서는, 숨어있는 전설의 동굴바위그림은 인류에 알려지지 않고 영원히 묻혀버리고 말 것이다.

또, 탁본표면에 나타나 있는 부호와 상징들의 해독작업을 체계적으로 이룰 때, 14세기 당대조상들의 업적과 역사가 정립될 뿐 아니라, 비로소 인류에 알려지고 조명 받게 될 것이라고 그는 단언했다.

시인으로 인문대학장 토이갈상 교수와 대화를 나눈 것은, 며칠 동안의 학회가 있던 날이다.

본래 그녀의 외가 호통트를 갈 계획이었지만, 이렇게 학기 중 여러 일들이 반복적으로 주어지고, 때로는 교수진들과 러시아학술대회까지 가게 되거나, 매년 여름이면 야생마보존위원회가 후원하는 알탕구루스 국제문학페스티벌 참여 등, 돌발적인 일들이 생겨지면 본래 잡아놨던 일정이 뒤죽박죽되는 일이 태반사였다.

　점심시간에 토이갈상 교수가 식판을 들고 앞자리에 앉으며 말을 걸었다.
　"연구교수로 계실 때, 몽골과 한국문학교류에 대한 말을 들은 적이 있는데, 그 말씀 지금도 유효합니까?"
　"유효하죠. 알고 계셨나요?"
　"물론이죠, 그만둔 엥흐촐롱 학과장이 그러던데."
　엥흐촐롱 학과장은 본래 그녀의 대학동창으로 엥흐자르갈을 코디네이터로 추천했던 인물이다.
　"네, 그런 말을 한 적이 있죠."
　"그럼, 다시 오셨으니까 추진을 해볼까요?"
　그는 대단한 관심을 보였다.
　"물론이죠, 기대하죠."
　"그럼, 6월 방학 초에 첫 세미나를 갖기로 하지요. 편리한 일정을 잡으면 이쪽은 제가 준비하지요."

"그렇게 하기로 하죠. 참, 그리고 혹시 전 학과장 연락처 아시나요?"

그에게 엥흐촐롱의 소식을 물었다. 그녀의 소식을 알고 싶어서다.

"아! 그 분은 러시아 유학을 갔습니다. 연락처는 모릅니다."

그와 의견일치를 본 몽골과의 문학교류사업은 대학세미나 실에서 첫 삽을 폈다. 30여 명의 장르별 한국작가들이 참여했고 40여명의 몽골문인들이 대학세미나실로 모였다. 세미나의 본격적인 학술적 주제는 아직 없었고, 교류협약 체결과 상호조직구성, 그리고 앞으로의 교류방향 등으로 방법론적인 토론과 발족식이었다.

한국작가들이 들어오고 특히 세미나에서 양떼를 몰던 유목민 여류시인 앙흐바트가 흡수굴아이막에서 일주일을 걸려 세미나에 참석한 것은 경이로운 일이었다. 그녀는 자신의 시집을 가져와 스스로를 소개했다. 유목민작가의 문학열정을 보는 대목이었다.

이와같이 유목민목동으로 소설가나 시인으로 알려진 작가로는 델게르히식바야라, 남일학과페렌레이와 여류작가

어용델게르덜징잡이 있다.

아울러 그는 개인적으로 이것을 몽골문학연구의 토대로 삼는다. 1962년 몽골사회주의 문학과 1990년 자유화 이후 몽골문학이 어떻게 형성되어왔는지도 연구대상이었다.

이 과제는 몽골작가들과의 지속적이고 깊은 교류를 통해서만 가능했다.

몽골의 현대문학사는 크게 10년 단위로 나눈다. 사회주의몽골에서 자본주의 혁명의식이 싹트기시작한 것은 1980년대 후반기부터 시작된다. 1989년부터 90년사이에 소련군이 모두 철수하고 1990년 3월 19일 인민혁명당이 사퇴하고, 6월에 몽골의 첫 자유총선이 실시되어 국가소회가 구성되므로써 몽골은 완전한 자유민주화가 되었다.

때문에 사회주의문학과 자유몽골문학으로 크게 대별할 수 있다. 다층적 사회변화에 따라 1980년대후반과 1990년 초반에 벌어진 자본주의혁명의 시작은 문학의 시작품에서 자유로운 표현이 형성되기 시작한다.

이시기 1990년대부터 문인이라는 젊은 세대들이 등단하기 시작하고 그들의 작품들이 국민들에게 알려지기 시작한다. 제도적인 사회주의문학에서 러시아문학대학 출신의 작가, 시인, 번역가 등의 활동이 활발했다. 문학의 전문대학이라 할 수있는 말 그대로 문학대학은 전세계 단 두개로 모스크바 막심고리키의 문학대학과 울란바타르 문학대학이다. 이처럼 문학에 있어 몽골은 일찌기 사회주의문학, 더 나아가 수준높은 러시아문학의 영향을 크게 받았다.

이는 몽골이라는 큰 대지의 자연친화적 풍습과 환경 속에서 자연스럽게 싹텄다고도 할 수 있다. 강어치르 시인이, '풍습을 근본으로 오늘을 만들어가는 산수의 문학을 가진 몽골이여!' 하고 말하는 이유이기도 하다.

몽골문학은 장르의 구애 없이 작품을 쓰는 것이 보편화되어있다. 대체적으로 젊은 나이에 시를 쓰고 소설창작에 임한다는 것으로, 「한국-몽골 소설선집(2018)」에 게재된 서닝바야르와 촐롱체첵, 우르징한드, 그리고 냠일학와패렌레이 역시 이와 다르지 않다.

헹티아이막 바가노오르에 1920년대 몽골유명시인 나착더르치의 문학비가 있고, 돈드고비아이막 만달고비에는 시인이자 소설가인 보양네메흐의 기념비가 있다.

이들은 당대에 함께 활동했다. 보양네메흐의 경우에도 시인이자 소설가로 알려져 있다.

시와 소설이 서로 다른 장르지만 장르하나만을 고집하지 않기 때문에, 프로필을 보면 모든 장르를 아우러 '문학가'로 쓰는 걸 볼 수 있다.

장르의 전문성을 말할 때, 소설가, 수필가, 하고 우리는 家를 붙이는 것처럼 몽골은 치(ч)발음으로 전문가임을 표기한다. 이를테면 토올 노래를 전문으로 하는 경우 치를 붙여 토올치라 부르고, 소설을 전문으로 하는경우, 저히얼치(зохиолч), 그리고 시를 전문으로 하는 경우 야로오나이락치(яруунайрагч)로 부른다. 이처럼 치(ч)를 붙임으로서 장르의 전문가임을 말한다.

2019년은 몽골문학연맹(문인협회)이 탄생된지 90주년이 되는 해로 계산해 보면 사회주의시대에 제도적문학연맹이 구성된 셈이다. 몽골의 문학실태는 우리의 과거 1960-80년대 예술의 감성이 농후한 프로작가들이 배고픔을 견디며 활동하던 시기로 지금의 몽골 문인의 경우가 그렇기 때문에 가히 그들의 문학수준을 폄하할 수 없다. 또 러시아와의 관계에서 수준 높은 러시아문학의 영향을 보이고 있는 것은 러시아형식의 문학대학이 몽골에 존재한다는 것이다.

8

소식

투브아이막 운줄초원을 방목지로 삼은 엥흐자르갈은 그곳에 게르를 세우고 가축을 방목했다. 이곳에서 한철을 보내면 어워르항가이 바트얼지 목영지로 다시 이동할 참이다. 밤이면 등잔에 심지를 세우고 밝혔던 어두운 등불이 늘 불편했지만, 게르에 불을 밝힐 수 있고 이동이 가능한 태양광집열판을 사용한 것은 얼마 되지 않았다. 행정부에서는 그래도 몽골경제를 다스리는 목축장려정책과 유목민들의 불편해소차원으로 태양열집열판 구입비용 40%를 대대적으로 지원했다.

전선을 연결한 전구불빛은 재래식등불보다 훨씬 밝고 편했다. 태양열을 흡수할 수 있는 시간이 짧지만 문명의 혜택을 그래도 보는 것으로, 자동차 밧데리를 사용하는 것보다 훨씬 나았다. 자동차 밧대리는 전류의 흐름이 일정하지 않아 TV의 화면이 꺼지거나 뭉게지기 일쑤지만, 태양광집열판전지는 께끗한 화면을 제공하는데 기여했다.

엥흐자르갈은 가축 수에 따라 네 개의 태양광집열판을

지원받았다. 그리고 목동반장에게 그 중 두개를 합쳐 하나의 게르에서 사용할 수 있도록 설치했다. 그 뒤부터 밝아진 조명은 화면이 깨끗한 TV시청도 가능했다. 단한 가지, 밖에 세운 안테나가 잦은 바람에 돌아가 버리는 빈번한 결점이었다. 그래서 화면이 뭉개지면 안테나를 바로잡기일쑤였다.

그녀와 목동들은 항상 저녁이면 방목지에서 스스로 돌아온 가축들이 들어간 우리 문을 잠그는 일이다. 모든 가축은 서열이 있기 때문에 해가 지는 저녁이면 서열이 가장 높은 가축을 따라 모두 돌아와 우리 안으로 들어간다.

때로는 앉거나 눕기도 하지만 서서 자는 말들은 우리가 필요 없다. 말들은 게르 가까운 고정된장소로 항상 돌아온다. 그래서 유목민들은 가축을 가족으로 여겼다. 말떼를 하나하나 세지 않아도 말한 마리가 보이지 않으면 그것을 알고, 말떼를 통제하는 것은 사람이 아니다. 말무리 중에 서열이 가장 높은 선봉 말이다. 목동들은 서열이 가장 높은 가축을 알고 있다.

어느 날, 뒤쳐진 망아지한 마리를 선봉 말과 함께 몰고 오는데, 무엇이 급했는지 게르 앞 구릉능선까지 올라온 어머니가 조급한 손짓으로 멀리에서 그녀를 부른다. 가축몰이도 잘하시던 어머니는 나이가 들어 이제 집안에만 있었다. 어머니는 종일 우유를 저어 버터를 만들거나 마유주를 담그는 일이었다. 그런 어머니가 게르 밖 능선까지 올라와 그녀를 부르는 것이다.

"얘야, 엥흐자르갈, 엥흐자르갈."

부르는 소리에 선봉 마에게 뒤처진 망아지를 맡기고 달려온 그녀가 말에서 내리며 어머니에게 묻는다.

"무슨 일인데 여기까지 나오셨어요. 어머니?"

어머니는 상기된 표정으로 말했다.

"애야. 내가 잘못 본 건지 TV를 잠깐 켰는데 솔롱고 아비가 나온 것 같구나. 빨리 집으로 들어가 텔레비를 좀 보려므나."

"뭐라구요?"

화급히 집으로 들어가 본 TV화면은 다른 장면이 나오고 있었다. 뒤따라 들어온 어머니에게 그녀는 말했다.

"어머니가 잘못 보셨을 거예요. 한국에 계시는 분이 TV에 나올 리 없잖아요."

"아니다. 틀림없어. 뉴스에 나왔으니까 이따가 또 보렴. 무슨 큰 행사를 하는 것 같더라."

믿어지지 않았다. 하지만 결코 어머니가 잘못 본 것이 아닐지 모른다는 생각도 들었다. 어머니는 나이가 들었어도 정신만큼은 또렷했다. 총명한 머리를 가진 어머니의 말씀 한 자락을 새겨듣고, 정시가 가까워지자 하던 일을 멈추고 TV앞에 앉았다. 잠시 후 정시뉴스가 방영되었다.

정치 분야 중요뉴스가 방영되고 곧이어 문화 분야 뉴스로 이어졌다. 야생마보존위원회가 해마다 여름이면 초원에서 펼치는 거창하고 화려한 행사장면이 끝나자, 러시아 건물양식 몽골대통령배국립도서관건물이 화면을 가득채웠다. 화면은 깨끗하다. 그곳에서 한국과 몽골문학인들이 세미나를 한다는 자막이 나오고 아나운서의 안내와 세미나장면이 나왔다.

이 행사는 특별취재라는 자막이 나올 정도로 관심을 크게 갖는 기사였다. 이때 갑자기 줄무늬가 가득 차더니 화면이 뭉개져버렸다. 조바심이 일어난 그녀는 얼른 밖으로 나가 바람에 돌아간 안테나를 바로잡은 후에야 화면은 제자리로 돌아왔다. 뭉흐바트잠양 부총리의 축사장면이 나왔다. 바로이어 몽골과 한국문인들과, 바뀐 화면에서 인삿말을 하는 솔롱고 아빠인 그이의 모습, 그리고 대표자로 단독인터뷰를 하는 장면이 몇 초 동안이나 화면을 채웠다. 그가 솔롱고의 아빠라는 사실은 그녀에게는 충격이다.

그녀는 일순 심장이 멎을 뻔했다.

"거봐! 아까도 그렇게 나왔어!"

어머니는 기뻐했다. 틀림없는 솔롱고의 아빠다. 걷잡을 수 없게 엥흐자르갈의 가슴이 뛴다. 깨끗한 화면으로 그를 본 기쁨에 흥분된 그녀는 금새 눈물이 그렁거렸다. 왜, 이리 눈물이 멎지 않을까. 손마저 떨린다.

화면이 넘어가자 눈물을 훔치며 문을 박차고 나온 그녀는 말을 몰고 초원으로 무작정 달렸다. 얼마나 달렸는지 모른다. 초원 어느 정점에, 오방색 하닥자락이 바람에 펄럭이는 어워가 보이자 말에서 내린 그녀는, 어워의 돌무더기 앞에 쓰러져 무릎을 꿇고 포효를 내지르며 펑펑 울었다.

오직 아빠를 그리워하며 어워만 보면 그곳으로 달려가, 아빠를 만나게 해달라며 빌고 또 빌었던 어린 솔롱고의 애타는 기원을, 텡게르 신은 결코 외면하지 않았다.

이제 초등학교졸업반으로 솔롱고가 성장한 때였다. 솔롱고는 영리했다. 공부도 퍽 잘했다. 어머니와 떨어져 공부하는 솔롱고는 독립심도 강했고 어리지만 의젓했다.

아빠를 닮아 큰 키에 똑똑하게 자란 솔롱고를 이렇게 키웠노라며, 그를 만나면 보여주고 싶었다.

그렇게 솔롱고가 성장하자, 그녀는 조금씩 할하부족가문의 전설을 심어주었다. 구르반사이항에서 선사시대부터 조상들이 살았고, 대를 이어 할하부족 족장을 지냈으며, 14세기에 척트라는 조상이 칭기즈 칸 몽골통일전쟁에서 영웅칭호를 받은 일, 그리고 조상들의 많은 업적을 후손들이 아르갈리산양서식처 동굴에 바위그림을 새긴 것과, 아빠가 UB대학연구교수로 한국에서 왔을 때, 엄마가 코디네이터로 도왔던 일, 몽골바위그림을 연구하며 글을 쓰는 아빠가 그 동굴을 찾으려 했던 것과, 끊어질 뻔 했던 집안의 대를 이어가게 되었다는 것을 말해주었다.

다행히 솔롱고는 아버지를 원망하지 않았다. 아버지의 모든 것과 가문의 화려한 내력에 자부심을 크게 가지고 자랐다. 그렇게 자란 솔롱고는,
"엄마, 걱정하지마세요. 내가 더 자라면 한국을 가서라도 아버지를 찾아드릴게요. 그리고 아버지를 찾으면 아버지를 도와 조상들이 새겨놓은 자랑스러운 동굴바위그림도 찾아드릴 거예요."

하며 어른스럽게 그녀를 위로했다.

눈물을 거두고 집으로 돌아온 그녀는 한편 그에 대한 원망 또한 컸다. 기뻤던 마음이 가시고 본마음으로 돌아오자, 화면에 비친 행사규모로 보아 한두 해에 이루어진 일은 결코 아닐 것이라는 생각이다. 그래서 무심한 그가 더욱 섭섭하게 여겨지는 것이다.

적어도 몽골정부부총리가 축사로 나설 정도라면, 그동안 숫하게 몽골에서 활동하며 다져왔을 터에, 자연스럽게 인터뷰에 응하는 것을 보면 몽골을 수없이 오가거나 장기체류가 아니면 불가능한 일로 간주되기 때문에, 마음 한구석 그의 무심과 섭섭한 마음이 오히려 그녀를 괴롭혔다.

그가 알고 있는 구르반사이항 목축지가 아무리 멀고 또 멀어도, 아르항가이 호통트 외가와 외삼촌가족들을 알고 있으면서도, 찾을 길이 그렇게 없었는지, 서운한 마음은 꼬리를 물고 원망을 던지고 또 던진다.

아니면 그의 애정이 아예 식어버린 것인지, 가볍게 스쳐간 인연쯤으로 치부하고, 몽골에 뿌리고 간 한 점 혈육 솔롱고 마저도 염두에 없는 것인지, 이 지경의 생각까지 이르자 삶의 의욕마저도 저버릴 정도로 그녀는 오히려 괴로웠다. 하지만 솔롱고가 태어나 집안의 대를 이어가게 된 기쁨을 전하고서, 많은 가축 때문에 오지초원을 벗어날 수 없는 실정에 어쩔 수없이 다시 연락을 해주지 못한 자신에게도 잘못이 컸다는 생각이 들자, 그것으로 작은 위안을 삼아보지만, 그를 찾아나서야 할지 체념해야 할지, 그의 마음과 생각을 종잡을 수 없는 그녀는 두마음이 갈피를 잡지 못했다. 오히려 번민을 일으켰다. 그러나 그이를 체념해야한다면 둘 사이에 아빠를 찾는 솔롱고가 있고 솔롱고를 위해서라도 그를 결코 포기할 수 없었다.

화면으로나마 그를 본 기쁨에 앞서, 오히려 여러 갈등에 식욕을 잃고 며칠 동안을 괴로워하는 그녀를 묵묵히 바라보던 어머니가, 보다 못해 거두절미하고 조용히 입을 열었다.

"그 사람 잘못이 있는 게 아니다. 처음 네 말대로 솔롱가 태어났다는 말을 전했다고 했잖느냐! 정도 많은 사람이 국제전화인들 하지 않았겠느냐! 가축이 많아 풀이 많은 초원오지로 들어올 수밖에 없는데, 오지초원으로 들어오면 몽골사람들도 연락할 길이 없다. 울란바타르에 네 소식을 전해 줄 수 있는 누군가를 정해놨어야지, 그 사정을 알기나 했겠느냐. 그 사람 심성을 보면 인연을 가볍게 지나칠 사람은 아니다. 모두 네 잘못이다. 지금 와서 섭섭하게 생각할 것 없다."

하고 따끔하게 말했다.

"그이의 마음이 변했을 것만 같아 불안해요, 또 만나게 되더라도 같이 지내다가 한국으로 다시 또 돌아갈까봐, 이제는 그것도 겁이나요."

"꿈도 크구나. 지금 거기까지 생각할 것 없다. 우리집안 대를 이어가게 해준 것만으로도 나는 더 할말이 없는 사람이다. 그리고……."

어머니는 말을 끊고서 한참동안 망설였다. 엥르자르갈이 생각하지 못하는 말을 바로 할 수 없는 것이다.

"후유-."

마디숨을 토하면서 어머니는 그녀의 눈치를 살핀다.

"?"

망설이던 어머니가 이윽고 결정적인 한마디를 던졌다.

"그리고…… 망설일 것 없이 내 아주 말하마! 한국에 그 사람 가정이 있을 텐데, 너, 그것은 도대체 어떻게 감당할래!"

어머니는 꾸중하듯 말했다.

"아……! 괴로워요. 어머니, 저도 모르겠어요."

"그럴테지! 그것도 각오할 일이다. 앞으로 모든 판단은 네가 해야지만 당장 솔롱고 때문에라도 만나기는 만나야

한다. 나머지는 그 다음에 생각하자꾸나."

"네, 어머님말씀이 옳아요."

"어떻튼 이 어미는, 너를 필시 찾아올 사람으로 믿는다. 두고 봐라. 전에 그 사람 심성을 보면 보통사람은 아니더라, 더구나 한민족은 조상의 뼈라도 찾는 민족이다. 솔롱고가 그토록 아버지를 잊지 못하는 것이 바로 그것이다. 핏줄이 당겨서 그러는 거야. 솔롱고 몸에는 한민족 피가 흐르는 걸 몰라? 그 뿐만이 아니다. 이 어미가 또 걱정되는 것은, 한국사람들은 혈육을 찾는 민족이어서 솔롱고를 보고서 자기자식이라고 한국으로 데려갈까 봐, 나는 그것이 겁나는구나. 하지만 솔롱고가 있는 한 너를 절대 방관하지는 않을 것이다."

"어머니! 그만……그만 하세요. 솔롱고를 데려가다니, 그렇게 되면 나는 더 살수 없어요."

솔롱고를 한국으로 데려갈지도 모른다는 말에 일순 경련이 일어나는 충격에 울컥 흐르는 눈물을 떨리는 손으로 훔치며 그녀는 탄식하듯 말했다.

많은 것을 어머니는 알고 있었다. 그이의 여러가지를 예측하고 있었다. 어머니의 사려 깊고 심오한 생각과 따끔한 충고는 엥흐자르갈의 마음을 분연히 일으켜 세웠다.

"알았어요. 어머니."

"그럼, 늦었지만 망설이지 말고 나중에 어떻게 되든지 내일 당장 울란바타르로 나가거라. 방송에 나온 다음날 바로 나갔어도 늦은 일이다. 하여튼 방송국을 가보면 무슨 소식을 알 것이다. 그것도 여의치 않으면 같이 행사를 한 몽골 사람들도 수소문 해보고……."

"알았어요. 어머니."

그녀는 이를 앙다물었다. 그를 찾아 나서기로 마음을 굳혔다. 방송국기자를 만나면 어느 정도는 알 것이다. 그리고 그를 찾을 수 있는 길이 보일 것이다.

9

암낙타의 모성

몽골대통령배국립도서관 세미나 후, 작가들과 여행을 다녀온 그는 그들을 보내고 다른 학회일정을 소화했다. 이렇게 여러 일들을 치르면서도 그녀와 솔롱고 생각이 늘 떠나지 않았다. 솔롱고는 이제 중학교에 들어갈 나이가 되었고 그동안 그는 몽골에 터가 잡혀있었다. 몽골문단에 알려져 있을 정도의 인물이 되었으며, 급기야 외국인 최초 몽골문학연맹회원이 되었다. 또한 몽골문학연맹 90주년 기념식에서 공로훈장을 수훈받았다. 활동의 폭이 넓어진 만큼 한국에서와 같은 인맥이 폭넓게 구성되어있었다.

2 학기 학사준비를 서둘러 마친 그는 본격적으로 그녀와 솔롱고를 찾아 아르항가이 소재지 호통트 솜, 외가댁으로 가기로 일정을 잡았다. 너무나 오래토록 그들을 찾지 못한 것은, 몽골문학교류 활동을 위한 돗자리를 마련하는 일들과, 갈수록 많아지는 학사일정이 중복되는 일들이 많아져서다.

더구나 몽골에 아주 발을 붙이게 되자 한국을 꼭 가야 할 필연적인 어떤 이유조차도 그에게 이제 더는 없었다.

또 여름이면 몽골문인 대부분은 특별한 일이 없는 한 시골부모의 초원목축지로 들어가거나, 아니면 울란바타르 도심을 떠나 초원 종게르[1])에서 계절을 보내기 때문에, 그들과 약속을 잡지 않는다. 이 시기를 십분 활용할 참이다.

교수연구동을 나온 그는 마트로 향했다. 자가용으로 가는 경우 새벽 세시에 출발하여 쉬지 않고 달리면 자정이 다되어 호통트에 도착하지만, 버스를 타면 이틀이 걸린다. 그는 버스로 가야했다. 도심마트를 들려 몇 가지 음식재료를 산 것은 가면서 먹을 도시락을 준비할 요량이다.

물론, 기사가 머물러주는 식당에서 승객모두가 식사를 하지만, 언제나 조리가 간편한 초이방[2])음식이 고정메뉴로 나오기 때문에 비위가 맞지 않아서다.

새로 지을 보따[3])와 김밥거리와 캔 콜라 몇 개를 샀고 숙소로 돌아온 그는 다음날 이른새벽부터 주먹밥과 김밥을 말고 배낭을 꾸렸다. 배낭을 꾸리면서도 호통트를 가면 그녀와 솔롱고의 소식을 알 수 있을지, 여름목초지가 어디인지, 여러 생각이 꼬리에 꼬리를 물고 끊이지를 않았다. 그것은 그녀의 애정도 물론이지만, 한 점 혈육, 몽골에 씨를 뿌린

---

1)종게르/зунгэр : 도시사람들이 여름에 초원에서 지내는 집.
2)초이방/Чуибан : 칼국수에 양고기를 섞어 기름에 볶은 음식.
3)보따/Будаа : 쌀, 혹은 밥을 칭한다.

자식에 대한 천륜이라는 강력한 본능이 내면으로부터 작용하는 까닭일 게다. 사산된 줄 모르는 암낙타는 어린낙타들이 보이기만 하면 그곳으로 달려가 새끼를 찾는다. 암낙타의 모성은 그를 강하게 자극했다.

  아침에 출발한 버스가 어워르항가이 하르허릉에 머문 것은 정오였다. 하르허릉은 옛 이름이 하라호롬이다. 이곳은 옛 몽골의 수도로 칭기즈 칸 통일전쟁에서 역참중심지로 모든 전쟁 물자를 보급한 곳이다. 멀리 에르덴죠 사원의 성곽 같은 돌담장에 소부릭(석탑)이 일정한 간격으로 세워져있다. 모든 승객들은 식당으로 들어갔고, 그 석탑을 바라보며 풀밭에 앉은 그는 뭉쳐온 주먹밥으로 점심을 해결했다. 다시 달린 버스가 볼강아이막 라샹트 간이정류소에 머물면 저녁을 먹고, 버스는 밤을 세우며 또 달린다.

  태양이 슬슬 대기에 퍼지는 어둑발 눈치를 보고 있었다. 서산능선을 발밑에 두고 석양햇살이 사물의 긴 그림자를 만들었다. 초원멀리 정착민마을이 보인다. 정착민마을에 어슬렁거리는 가축들이 눈에 띈다. 마을을 들어가면 골목이 없다. 넓은 대지에 골목이 있을 이유는 없다. 집과 집 사이 간격이 넓고 사람과 가축이 넓은 공터와 고샅을 같이 공유한다.

볼강아이막 라샹트 정류소에서 버스가 시동을 걸었다. 저녁식사를 마친 승객들이 버스에 올랐고, 이제 멈추는 곳 없이 다음날 아침 호통트에 도착한다.

눈을 감았지만 잠은 오지 않고, 그녀와의 지난 일들이 흑백사진 필름이 파노라마로 이어지는 영상처럼 기억의 스크린을 비춘다. 그러니까, 처음 그가 UB대학연구교수로 부임하면서 칭기즈 칸 국제공항에 내렸을 때, 대문자 키릴자모로 그의 이름이 써진 피켓을 들고 담당학과장 엥흐촐롱이 출구에서 기다리고 있었다. 그녀의 팔짱을 낀 다른 여인은 지금의 엥흐자르갈이다. 그때 그녀의 모습은 몽골 전통의상에 빨간 호르강말가이를 머리에 썼고, 까만 머루 눈동자를 깜박이던 그녀를 인상적인 몽골전통미인의 개성 있는 모습이라는 생각정도를 그는 가지고 있었다.

학과장 엥흐촐롱은 자신의 승용차트렁크에 그의 가방을 싣고 학교숙소로 가면서 그녀가 자신의 둘도 없는 친구라고 가볍게 소개했다. 그리고 며칠 후, 엥흐촐롱은 맡게 될 학과의 학생명단과 출석부와, 그리고 기왕이면 대학원졸업생 중 유목민자녀로 몽골 바위그림을 소재로 글을 쓰는

데 도움을 될 만한 사람으로, 몽골을 오기전 이메일로 그가 미리 부탁한 코디네이터신청자들의 이력서와 자기소개서 파일을 연구실로 가져와 내밀며 말했다.

"뜻에 맞는 코디네이터지원자가 있어요. 이 원서를 먼저 보세요. 제가 추천하고 싶은 사람인데 서류를 보시면 마음에 드실 거예요."

하고 특정인의 지원서파일을 책상에 펴보였다. 학과장이 내민 지원서신청자의 이름은 '척트타이츠 벌드호약 엥흐자르갈(цогттайш болдхуяг энхзаргал)'이라는 아주 긴 이름이었다. 이름을 보며 그가 말했다.

"아버지의 이름 벌드호약과 척트타이츠라는 원조상이름까지 성(姓)으로 붙여 쓰는 아주 보기 드문 이름이군요. 아마 척드(Цогт)라는 조상이 영웅(тайш/타이츠)칭호를 받은 것을 후손들이 자랑으로 삼는 모양이죠? 타이츠라는 말은 지금은 쓰지 않는 영웅이라는 옛문자 뜻이잖아요? 필시 조상의 어떤 내력이 있을 것 같군요."

"네, 바로 보셨어요. 자기소개서를 보세요."

학과장의 관심은 누구보다도 긴 이름을 가진 지원자에게 있었다. 경이로운 내용의 자기소개서를 본 그는 한마디로 말했다.

"이분을 제 프로그램 코디네이터로 쓰겠어요. 학교에 바로 채용처리해주세요."

자기소개서에는 14세기 할하부족인 자신의 조상들이 대를 이어 족장을 지낸 가문에, 척트라는 조상이 칭기즈 칸 통일전쟁에서 영웅칭호를 받았고, 그의 아들 뭉흐토야가 칭기즈 칸 비서군단을 지휘했으며, 그 이전과 후대조상들이 구르반사이항 아르갈리산양서식처 동굴암벽에 대대로 바위그림과 부호로 새겨놓았다는 가문의 전설이 존재하고 있다는 놀랄만한 내용이 기술되어있었다. 만족해하는 그의 표정을 본 엥흐촐롱은,

"이미, 알고계시는 사람 이예요."

그러면서 들어올 때 벗었던 암갈색 털모자에 장식된 구슬을 만지작거리며 작은 미소를 보였다.

"네? 제가 알고 있을 리가 있나요? 이제 막 몽골에 왔는데."

"실은 공항에 같이 마중 나갔던 제 친구거든요. 그날 제 차안에서 친구라고만 말씀드렸잖아요! 몽골바위그림에 대한 글을 쓰려고 작가한 분이 한국에서 연구교수로 오신다고 했더니, 집안선조의 바위그림이야기와 맞아떨어진다며 공항에 따라 나온 거예요. 먼저 선을 보게 된 거죠. 도움을 많이 줄 거예요. 또 그런 가문의 내력을 역사적으로

조명해보려고 저희학교 대학원에서 몽골역사학을 전공하고 교육부에 근무하고 있었어요."

"그래요? 이건 아주 뜻밖이군요!"

"네. 그리고 1년 동안 코디네이터 일을 마치면 조부가 계시는 시골목축지로 들어갈 거래요. 그럼 학교에 바로 채용시킬게요."

그는 다른 지원자서류를 더는 볼 필요가 없어졌다. 코디네이터로 채용된 그녀와 업무에 관해 커뮤니케이션이 불편없이 이루어 질 즈음, 보름동안의 차강사르(설날)연휴가 닥쳐왔다. 그리고 그녀조상의 전설의 바위그림이야기를 그녀조부에게 듣고자, 그녀의 고향인 구르반사이항 겨울목축지로 떠나게 되면서, 다음날 새벽출발 때문에 부득불 그녀의 러시아조립식아파트에서 자게 되었다. 그날 밤 저녁 식사 후 차를 마시며 그녀가 말했다.

"교수님?"

"으흥! 말해 봐요."

"공항에서 처음 교수님을 보면서 이상하게 가슴이 뛰었어요. 친구인 학과장에게 코디네이터 합격통보를 받고 기쁜 마음으로 처음 연구실에 갔을 때……."

"갔을-, 때?"

"네, 그 때, 제 기분이 이상했어요."

"어떻게요?"

"분명 업무적으로 갔는데, 교수님이 아니라 외국출장을 끝내고 회사로 먼저 돌아온 남편의 부름을 받고 가는 것 같은 이상한 설렘……."

덥썩 이렇게 말하고는 겸연쩍었는지 그녀는 말끝을 흐렸다.

"네?"

엉뚱한 그녀의 말에 그는 잠시 놀랬다. 그리고 다시 되물었다.

"그리구요?"

"제가 연구실로 들어가자, '엥흐자르갈, 셈베이노?' 하시며 처음이 아닌 늘 보아온 것처럼 다정스럽게 저를 반기시는데 저도 모르게 가슴이 철렁 내려앉았어요, 그리고……."

"그리고? 또— 뭐죠?"

"점심시간에 교수식당에서 식사를 챙겨드린다든가, 거기에다가……."

"거기에다가?…… 또, 뭐죠?"

"네, 교수님 강의하고 계실때 숙소로가서 미처 하시지 못한 설거지나 방청소하는 일도 얼마나 재미가 있는지 몰라요."

그러자 그는,

"그만, 그만, 엥흐자르갈, 알았어요."

하고 계속 이어지려는 그녀 말문을 가볍게 막은 적이 있었다. 그러니까, 그녀와의 인연은 갑자기 만들어진 것이 아니다. 둘 사이에서 솔롱고가 태어나기까지, 그녀는 이렇게 애정의 씨앗을 처음부터 자신의 내면에 발아시켰다. 필연적인 인연은 그렇게 형성되고 오늘에 이르렀다.

몽골의 8월은 한국의 늦은 가을이다. 9월 첫 주에 눈이 오기도 한다. 버스 안으로 스미는 아침 냉기에 눈을 떴다. 북쪽지대여서 아침기온은 울란바타르보다 싸늘하다. 승객들은 모두 잠들어 있었다. 앞 쪽을 바라보자 아르항가이 호통트라는 키릴자모대문자로 표기된 장엄하게 세워진 철재아취를 버스가 통과했다. 몽골의 특징 중 하나는 각 아이막의 진입로나 솜 입구에는 하나같이 지역을 알리는 철재아취가 웅대하게 세워져있다. 지역특색이 다르 듯 아취의 모양 또한 서로 다르다. 또 아취에는 지역특성을 알리는 독특한 문양도 포함된다.

아취를 통과한 버스는 아르갈리산양동상이 초원을 내려다보는 깎아지른 절벽아래 진입로를 질주했다. 도로 옆에 세워진 선 돌 바위에 감긴 푸른 하닥 천 자락이 앞서가는 버스바람에 펄럭였다. 사회주의시절 몽골을 무력으로 지배하던 폐허의 구소련군부대건물들이 황량한 대지 저편, 체체를랙으로 흐르는 이흐 타미르 강줄기를 애워 싼 자작나무숲이 정적인 장면으로 시야에 들어온다.

버스에서 내린 그는 정착민마을 경사진 흙길을 걷는다. 몽골의 읍 단위 솜을 가면 거개가 토목공사를 하지않고 구릉능선에 그대로 정착민 촌이 만들어졌기 때문에 오르는 길이 많다. 멀리보이는 맞은바라기 능선따라 가지런한 지붕들이 구릉능선과 자연스럽게 어우러진 모습 또한 평화롭기 그지없다. 판자울타리를 끼고 흙길을 오르면 끝머리에 그녀의 외숙부집이 바로 있다.

물통이 담긴 손수레를 끌고 공동우물로 가는 소녀의 곁을 스쳐 외숙부가족이 기거하는 단층건물과 측간사이 마당에 세워진 게르 굴뚝에서, 하얀 연기가 올곧은 장대처럼 솟아오르고 있었다.

10

초원의 외출

엥흐자르갈이 밖으로 나가는 것은 초원으로부터 외출이다. 그러니까, 정작 그는 그녀와 아들을 찾으려고 아르항가이 호통트 솜 그녀의 외가로 갔지만, 그녀는 그녀대로 그를 찾으려고 울란바타르로 향하는 버스가 멈춰주는 아스콘이 깔린 길가로 이른 새벽 나온 것이다. 도로 가까운 어느 목축지 가축우리에 타고온 말을 매어두고, 한 시간가량 기다린 끝에 돈드고비에서 운줄 솜을 거쳐 나오는 버스에 그녀는 몸을 실었다. 울란바타르에서 방송국기자를 만나 그의 행처를 알아볼 참이다.

어젯밤 그녀는 뜬 눈으로 날을 샜다. 며칠동안을 잠을 이루지 못햇다. TV에서 그를 본 그녀는 실컷 울기도 했고, 하얀 밤을 지세며 말을 몰고 초원을 달리며 소리도 질렀다. 그렇게 맺혀온 가슴 속 응어리는 그래도 풀리지 않았다. 그를 보지 않는 한, 풀릴 응어리가 아니다. 그를 찾으면 둘 사이에서 태어나 올곧게 자란 솔롱고는 자랑이 될 것이다. 또 솔롱고는 이제 아빠를 만나면 한국어로도 대화를 할 것이다.

여름방학이 되어 솔롱고와 자야가 목축지로 들어온 어느 날, 솔롱고가 가져온 책을 펴 보이며 말했다.

"엄마, 이거 볼래?"

"뭔데? 아니! 솔롱고, 한국어공부하는 거야?"

"응, 읽어볼까?"

솔롱고가 한국어를 읽었다. 따복따복 읽는 모습을 보고 그녀는 울컥 눈물이 솟았다. 솔롱고 눈을 피해 슬며시 눈물을 닦는다. 하지만 솔롱고는 엄마의 눈물을 보았다.

"엄마, 왜 울어?"

"응, 우리아들이 하도 신통해서 그래."

"그런다고 울어? 웃어야지!"

"그래, 알았어. 그런데 이 책은 어떻게 구했어?"

"응, 학교선생님이 주셨어."

"어떻게?"

"선생님이 그러셨어. 아빠를 만나면 어떻게 이야기 할 래? 준비를 헤야지? 내가 책을 구해다 줄까? 그러면서 울 란바타르를 다녀오는 길에 구해왔다며 줬어."

"그래? 고마우신 선생님이구나."

"선생님은 한국어도 잘해, 책을 주시면서 내일부터 한국 어공부를 하자며 가르쳐 주셨어."

"그랬어? 선생님을 찾아뵈야겠구나. 나도 우리아들하고 공부할까?"

"그래, 엄마도 같이하자. 내가 배운 한국어를 자야에게도 가르치고 있어."

하지만 그녀는 대학에서 한국어를 선택과목으로 공부를 했고 한국어경진대회에서 대상을 탄 터다. 좀 더 솔롱고가 자라면 한국어를 가르칠 참이었다.

아빠에 대한 그리움은 솔롱고의 학구열에 밑거름작용을 했다. 아빠를 만날 욕심으로 한국어공부에 매달린 솔롱고는, 필시 아버지를 만난다는 예지력을 가진 것인지, 이번 여름방학에도 선생님에게 제대로 지도를 받아야 한다며 며칠 쉬더니 자야를 데리고 호통트로 돌아가 한국어공부를 하기를 원했다. 엥흐자르갈은 충분한 교습비를 자야의 몫까지 챙겨 둘을 데려다주면서 선생님에게 보답하는 것을 잊지않았다.

버스는 울란바타르에 도착했다. 오전 열시가 넘은 시간이다. 정류장식당에서 호쇼르[1] 몇 장으로 늦은 아침식사를 마친 그녀는 방송국으로 바로 향했다.

---

[1]호쇼르/Хуцуур : 양고기를 밀가루에 감싸 튀긴 음식.

울란바타르 도심은 전과 같지 않았다. 공사 중이던 건물들은 모두 완성되었고, 이곳저곳 새아파트가 들어차 있었다. 울란바타르에서 생활할 때 거주했던 러시아식 낡은 조립식아파트자리에는 다른 신식건물이 세워져있었다. 구식전차는 사라졌고 모두 러시아산 새전차로 바뀌어있었다.

수흐바타르 광장은 언제나 많은 인파로 붐빈다. 많은 것들이 변해 있었다. 몽골경제는 한국의 6-70년대 수준이지만 울란바타르 수도만큼은 현대문명의 범주 속으로 성큼성큼 다가가고 있었다. 광장 앞 한 불록 건너 몽골국영방송국으로 들어간 그녀는 관계자를 만날 수 있었다.

빌랙사이항으로 부르는 보도국장과, 당초 취재기자아가씨와 응접탁자를 사이에 두고 대화를 했다. 그를 묻자 명함 한 장을 내밀며 보도국장이 의문의 표정으로 그를 찾는 사유를 물었다. 그녀는 자초지종을 모두 말했다. 그러자 그와 인터뷰를 했던 아가씨가 눈을 크게 뜨며 경이로운 표정으로 말했다.

"어머! 그러세요? 행사가 끝나고 저희 방송국 PD와 카메라기자가 그분들 여행길취재를 하고 돌아왔는데, 모두 한국으로 돌아갔어요. 취재기자들이 공항까지 배웅을 했거든요. 하지만 취재섭외를 하면서 토이갈상 인문대학장

전화번호를 받아놓은 게 있어요. 그분께 물어보면 아실거예요. 적어드릴게요."

"아-! 그래요? 감사합니다."

모두 한국으로 돌아갔다는 말이 큰 실망을 던졌다. 하지만 토이갈상 교수에게 최소한의 소식은 알 것 같았다. 아가씨는 전화번호를 적은 푸른색 포스트잇을 내밀며 말했다.

"토이갈상 교수와 통화가 될지 모르겠어요. 여름이면 대부분 여름집으로 떠나잖아요."

인사를 마치고 포스트잇을 지갑에 넣고 한국으로 돌아갔다는 말에 상심한 그녀가 무거워진 몸을 이끌고 문을 나서려는데 아가씨가 조급히 부른다.

"참, 잠깐만요."

엥흐자르갈이 돌아섰다. 그녀가 다시 말했다.

"그분이 토이갈상 교수님과 같이 근무하고 있댔어요."

"네?"

상황의 반전에 일순 놀란 엥흐자르갈이 잘못들은 것 같아 다시 되묻는다.

"지금…… 뭐라고 하셨어요?"

"그분이 토이갈상 교수님과 UB대학에 같이 근무하고 있다구요!"

"그래요? 아-! 고마워요! 고마워요!"

더 이상 반가운 소식은 없었다.

방송국아가씨는 찾아온 보람을 안겨주었다. 6월부터 시
작된 방학은 아직도 많이 남아있지만, 꼭 토이갈상 교수가
아니어도 기다렸다가 개학 후 연구실로 찾아가면 될 일이다.
넘쳐흐르는 기쁨에 당장 학교로 가면 되지만 방송국아가
씨는 모두 한국으로 돌아갔다고 했다. 길게 남아있는 방학
이 그녀는 더 길게 느껴졌다. 그이에 대한 작은 소식하나
만이라도 토이갈상 교수에게 직접 듣고 싶었다.

몽골은 공중전화가 없다. 커피숍으로 들어가려다가 그마
저 마음이 급한 그녀는 길거리노상바닥에 좌판을 편 장삿
꾼이 무선전화기를 상품 옆에 놓고 1000투그릭을 주면 얼
마든지 통화를 할 수 있는 전화기 앞에 쪼그리고 앉아 다
이얼번호를 하나씩 눌렀다.

허사다. 외국을 갔거나 아마 통화도 되지 않는 초원오지
여름 집에서 휴가를 보내고 있을 터였다. 하지만, 토이갈
상 교수와 같이 근무하고 있다는 말이 상기된 그녀는 방송
국아가씨의 말이 사실이라면 그이의 연구실이 있을 것이
므로 불현듯 학교로 가보기로 했다. 최후확인이다.

교수연구동은 본관 맞은편 3층 건물로 본래 그이가 쓰던 연구실은 3층 계단을 오르면 첫 방이다. 하지만 출구경비에게 출입허가를 받아야 했다.

그는 말했다.

"3층 첫방인데 장기출타중이니까 올라가지 마세요. 여러 교수들과 러시아학회를 간다는 말을 들었어요."

그녀는 반가웠다. 그가 처음 연구교수로 왔을 때 쓰던 3층 첫방 연구실을 그대로 쓰고 있었다.

학교를 나온 그녀는 솔롱고에게 바로가기로 방향을 잡았다. 한번 목축지로 들어가면 다시 나오기란 언제나 어렵기 때문도 있지만, 이렇게나마 반가운 소식을 솔롱고에게 맨먼저 알려주고 싶어서다. 그가 울란대학에 있다는 것은 당장 볼수는 없지만 이제 찾은 것이나 다름 아니다. 개학을 하는대로 솔롱고를 데리고 다시오면 그이를 볼 것이다.

솔롱고가 알면 얼마나 좋아할까, 솔롱고는 방학이 되어 집으로 오면 언제나 아빠의 침대가 있는 게르를 청소했다. 어머니가 신방살림으로 마련해준 그 게르는 솔롱고 때문에 없애버릴수도 없었다. 아빠의 목조침대를 소중하게 다루었고, 얼마나 닦고 또 닦았는지 윤이 흘렀다.

주인 없는 그 게르와 아빠의 침대를 치우는 것은 솔롱고에게 커다란 상처를 주는 일이었다.

버스정류장에 갔지만 호통트 버스는 이미 출발하고 없었다. 몽골은 항상 편도 뿐이다. 오전 일찍 간 버스는 기사를 바꿔 다음날 울란바타르로 나오기 때문이다. 그러니까 하루 한번 편도다. 그마져 실망이 되었다. 망설이는데 누군가 승객을 부르는 호객소리가 들렸다.

"아랑가이-, 아랑가이-,아랑가이-."

(아르항가이를 간다는 말)

버스를 놓친사람들이 미크로버스(15인승 작은 버스)를 대절하고 남는 좌석을 채우려고 차장이 버스 문에 매달려 행선지를 알리는 중이었다. 그걸 타기로 했다.

아르항가이 버스는 호통트를 거쳐가기 때문이다. 내일 오전이면 그곳에 도착한다. 가뜩이나 먼 길이 멀게 느껴지지 않는다. 버스창밖으로 스치는 초원은 녹색양탄자를 펼쳐놓은 것처럼 더욱 아름답게 보였다. 미크로버스는 그녀의 기쁨을 아는지 빠르게 달린다. 주체 못할 정도로 천만가지 생각이 꼬리에 꼬리를 물고 늘어지는 동안, 버스는 다음날 오전 호통트에 도착했다.

솔롱고의 한국어교습시간이 오후여서 아직 집에 있을 시간이다. 정착민촌 외숙부집으로 달려갔다. 오름길을 숨가쁘게 올라, 기울어진 양철대문 안으로 들어가 현관문을 열고 외숙모와 솔롱고를 부른다. 그녀의 목소리를 듣고 화급히 나온 건 외숙모다. 눈을 크게 치뜨고 바라보는 외숙모는 어안이 벙벙한 표정이다.

"아……니, 엥흐자르갈, 어떻게 온 거야?"

"네? 어떻게 오다니요?"

"솔롱고 아빠가 어제 여기 다녀간 거 몰라?"

"네?"

"아이쿠, 얼른 안으로 들어와."

놀란 그녀가 의자에 엉거주춤 엉덩이를 붙이며 되묻는다.

"무슨…… 말씀을 하시는 거예요? 솔롱고 아빠가 여기를 다녀가시다니?"

"세상에…… 모르고 있었네. 그래, 솔롱고 아빠가 어제 아침 여기를 왔어. 왔다고! 왔단말야! 어제 와서 외숙부가 솔롱고랑 트럭에 태우고 조카목축지로 갔어. 밤새껏 갔을 테니까 목축지까지 가자면 내일 새벽에나 도착하겠네."

"뭐라구요?"

하루 간만의 차이다. 오히려 충격이다. 도가 넘치는 갑작스런 기쁨의 충격도 충격은 충격이다.

심장이 멎을 듯 가슴이 벅차오른 그녀 얼굴빛이 파래지며 옆으로 넘어진다. 외숙모가 엥흐자르갈을 얼른 안고 소리쳤다.

"엥흐자르갈, 흥분을 가라앉혀, 흥분을 가라앉혀."

"……."

"눈 좀, 떠봐. 엥흐자르갈."

진정된 그녀는 외숙모의 품속에서 어깨를 들썩이며 한참 동안을 흐느낀다. 그가 변한 것은 아닐까, 그냥 스쳐버리는 인연정도로 치부해버린 것은 아닐까, 몽골에 씨를 뿌린 한 점 혈육 솔롱고마져도 염두에 없는 것일까, 그이의 마음을 종잡을 수 없어 삶의 의욕마져 잃고 며칠 동안을 괴로움에 망설였던 엥흐자르갈, 멈추지 않고 흐르는 눈물이 뜨겁다.

이렇게 뜨겁게 흐르는 눈물로 기쁨을 말할 수 있는 표현은 더는 없다. 낙타 젖으로 만든 시럽한 병을 가져온 외숙모는 마개를 따고 그녀에게 먹였다. 진정제다. 외숙모 얼굴빛이 환하다. 솔롱고의 아빠가 와서다. 진정되어가는 그녀의 낯빛을 바라보며 외숙모가 다시 말했다.

"글쎄, 학교를 데려갔는데 핏줄이 당기는지 여러 애들 속에서 솔롱고를 단박에 알아보고 어떻게 했는지 알아?"

"어떻게…… 했는데요?"

"세상에……,'내, 아들. 솔롱고구나.' 그러면서 덥썩 안고 애 얼굴을 매만지며 어쩔 줄을 모르는데, 갑작스런 일에 솔롱고는 솔롱고대로 아빠를 바로 알아보고 좋아하는 모습이 말로는 못할 정도였어. 아빠에게 안긴 솔롱고가 얼굴을 자꾸 손으로 매만지며 울다가 웃다가, 미칠듯이 서로 좋아하는 것을 보고 선생님도 우리도 울고 말았다고."

그러면서 외숙모는 눈물을 훔치며 다시 말했다.

"그때, 선생님이 그러셨어. 솔롱고! 솔롱고! 한국말로 아빠를 불러야지."

"그러니까 솔롱고가 몽골어로 아브(아빠)라고 했다가 한국말로 아빠! 아빠! 하고 부르니까, 글쎄, 애 아빠가 애를 꼭 껴안고서 어깨를 들썩이며 흐느끼더라고."

외숙모의 이야기를 들으며 그녀는 흐르는 눈물을 주체하지 못했다. 한참 동안을 흐느꼈다. 거듭 이슬을 찍어내며 외숙모의 말을 그녀는 들었다.

"애, 아빠가 얼마나 아들이 보고 싶었는지, 눈물주체를 못하는 데…… 좋은 일에도 나도 이렇게 눈물이 나네. 외숙부가 한국어 가르치는 선생님말씀을 드렸더니 애 아빠가 선생님에게 거듭 거듭 고맙다고 인사를 하더라고. 나중에 선생님께 드리라며 봉투하나를 주길래 전해줬어."

그러면서 외숙모는 미소 반 눈물 반 흐르는 이슬을 닦는다.

엥흐자르갈은 그가 방송에 나온 일이며, 학교연구실까지 다녀온 일을 소상히 말했다.

솔롱고를 데리고 그가 외숙부 트럭으로 그녀의 목축지로 가기까지에는 꼬박 삼일이 걸렸다. 이것이 혈육인지, 아빠 품에 안긴 솔롱고는 줄곧 아빠의 얼굴을 손으로 매만지기도 하고, 가슴 속에 손을 넣고 자신의 살갗처럼 느껴지는 아빠의 가슴을 자꾸 매만지며 어떻게 할지를 모른다.

외숙부는 밤을 새워가며 아스콘이 깔린 도로와 초원흙길로 차를 몰았다. 솔롱고는 잠시도 눈을 붙이지 못했다.

꿈속의 아빠처럼 자다가 눈을 뜨면 보이지 않을 것만 같았다.

"잠 좀, 자야지, 솔롱고."

"아빠, 안 잘래, 자고나면 아빠가 없어질 것 같아 못자겠어! 자지 않을 거야. 꿈이면 어떻게 해!"

솔롱고의 말에 그는 가슴이 저린다. 아빠로서 솔롱고에게 한없이 미안하다. 그래서 더더욱 사랑스럽다.

밤을 지새며 울란바타르로 나왔을 때는 정오가 되었다. 외숙부와 솔롱고를 데리고 수흐바타르 광장근처, 그가 자주 들리는 고급한국식당에서 둘에게 맛있는 음식으로 아침 겸 점심을 사 먹였다. 창밖도심을 바라보며 눈이 휘둥그레진 솔롱가 물었다.

"아빠, 여기는 몽골이 아닌 것 같아."

"여기는 몽골수도 울란바타르야. 처음 왔구나."

"응,"

초원에서만 자란 솔롱고는 시골의 자그만 면단위 솜, 호통트와는 비교가 안 되는 도심모습이 신기하기만 하다.

하룻밤을 더 달려야 하기 때문에 그는 식당에서 세사람이 먹을 도시락을 주문하고 마트에서 음료수와 솔롱고의 간식거리를 샀다. 그리고 울란바타르를 벗어나는 변두리 주유소에서 기름을 넣고, 투브아이막 운줄초원 그녀의 목영지에 갔을 때는 그 다음날 이른 새벽이었다. 동살도 비치지 않은 이른 새벽부터 목동들이 부산하게 초원목영지로 가축을 내모는 때다.

목초지의 아침은 늘 바쁘다. 먼저 양우리 문을 열고 초원으로 내보낸다. 어제와 다른 곳으로 소떼와 말떼를 방목하고, 그 사이에는 야크가 풀을 뜯으며, 더 먼 곳에 낙타를 방목하면 목동들은 집으로 돌아와 비로소 아침을 먹는다.

목동들의 식사는 매우 간단하다. 수태채 한사발에 버르츠 한주먹을 넣고 불린 음식을 먹거나 겨울에는 뜨거운 반취[2])로 아침을 해결한다. 그리고 마른음식과 따뜻한 수태채가 담긴 덤버를 낙타가죽 걸망에 담아 말을 몰고 초원으로 나가 가축을 돌보고, 저녁이면 돌아오는 것이 목동들의 일과다. 양들은 줄 곳 고개를 박고 풀을 뜯으며 이동하기 때문에 늑대의 출현걱정에 주변을 늘 살핀다. 양들이 한가롭게 풀을 뜯으면 목동은 바위에 걸터앉아 토올을 노래부르고 토올소리는 초원멀리 퍼진다.

어둑발 속에서 동살이 비칠무렵, 게르문 밖 화덕 솥단지에서 끓는 우유표면에 서린 어럼[3])초벌을 걸러내던 할머니가, 트럭이 멈추는 소리를 듣고 손을 멈추고 멀리서 바라본다. 맨 먼저 차에서 내린 솔롱고가,

"에메-,에메-. 에쯔-,에쯔."

(эмээ эмээ/할머니,.(ээж-ээж 어머니)

반갑게 할머니와 어머니를 거푸 부르며 뛰어온다.

"아니…… 솔롱고, 이 새벽에 어떻게 온 거야?"

기쁨가득 찬 솔롱고가 말했다.

"저기- 아빠가 오셨어요. 할머니."

---

2) 반취/Баньц : 만둣국
3) 어럼/Өрөм : 우유를 끓일 때 표면에 서리는 얇고 노란 막.

"뭐……? 지금 뭐라고 했어? 솔롱고!"

"아빠가 오셨어요. 엄마는 어딨어?"

"뭐라고? 아빠가 왔어?"

"네, 할머니,"

그러면서 솔롱고는 엄마의 게르 쪽으로 뛰어갔다.

어럼을 걸러내는 망사 채와 주걱을 들고, 의문스런 눈으로 차에서 내린 외숙부가 그를 데리고 오는 모습을 본 어머니는, 그를 보자마자 망사 채와 주걱을 내던지고 달려와 와락 안고서 어깨를 토닥이며 몸을 뗄 줄을 모른다.

그의 어깨너머로 흐르는 이슬을 훔치며 그녀의 어머니는 꿈인지, 생시인지, 어쩔줄을 모르다가 그의 손목을 움켜잡고 게르 안으로 반갑게 끌고 들어갔다.

그 게르는 그녀와의 신방살림으로 어머니가 처음 마련해 준 그 게르다. 언젠가는 그가 올 것으로 내심 믿고 있던 어머니는 그녀의 만류에도 결코 치우지 않았다. 그곳으로 들어가자 어머니가 손수 바느질로 지어준 평상복과 푸른 델이 그대로 걸려있고, 씌워주었던 터허르척전통모자가 벽에 걸린 채 주인을 기다리고 있었다. 침대며, 무늬가 그려진 나무판자 단이며 설작, 방안살림들이 처음모습 그대로 모두 제 위치에 놓여있었다.

"이게, 자네 집일세."

안으로 들어선 그는 엥흐자르갈부터 찾는다. 조급히 물을 수 밖에 없다.

"어머니, 애 엄마는 왜 보이지 않아요? 네?"

엄마가 보이지않자 되돌아 뛰어온 솔롱고가 말했다.

"할머니, 엄마 양떼 몰러 갔어요?"

어머니는 눈가에 이슬을 거듭 닦으며 말했다.

"딸아이는 자네가 텔레비전에 나온 걸 보고 방송국으로 갔네. 이렇게 온 것도 모르고 자네 행처를 알아보려고 갔어."

그러면서 이슬을 또 훔친다.

"알았어요. 이제 그만우셔요. 이렇게 제가 왔잖아요. 어머니!"

"고맙네, 또 고맙네! 나는 자네가 언제라도 올 줄 알았네. 몽골 땅에 씨를 뿌린 자네 핏줄이 당기는데 내칠 리가 없지."

하고 솔롱고를 당겨 안고 이슬을 닦았다. 그러면서 다시 말하기를,

"솔롱고가 커갈수록 제 아빠를 빼닮아 가는데 난들 자네가 보고싶지 않았겠는가. 이렇게 와줘서 고맙네."

그는 얼른 어머니가 해주신 델을 걸치고 터허륵척말가이

를 머리에 쓰며 말했다.

"어머니, 절 받으세요."

"아까, 안았으면 됐지. 무슨 절인가."

줄곧 흐르는 눈물을 어머니는 훔치며 말했다.

"아니예요. 어머님께 절을 올리려고 이렇게 해주신 옷을
입었잖아요."

깨끗한 양탄자가 깔린 바닥에 넙죽 엎드려 그는 큰절을
올렸다. 그리고 어머니의 손목을 잡고 일어서며 말했다.

"어머니, 오래오래 사세요."

처음 볼 때부터 그녀가 사랑을 주었던 것처럼, 짧은 기간
무한한 애정을 그에게 쏟아준 어머니가 약식혼례식을 올
려준 후부터 그는 어머니로 여겨졌다. 이 광경을 줄곧 바
라보던 외숙부가 그를 안고 어깨를 토닥이며 고마워했다.

"고맙네. 이런 자네를 어찌 엥흐자르갈과 솔롱고가 찾지
않겠는가."

"네, 외숙부님. 감사합니다."

엥흐자르갈은 어머니가 처음 신방으로 마련해 준 침대며
찬장이며, 모든 살림이 이동을 할 때마다 짐이 되었다. 속마
음은 항상 그대로 놓아두고 싶었지만 어머니에게 늘 미안
한 그녀는,

"어머니, 어머님이 해주신 새살림 쓰지도 않는데 모두 치워야 하겠어요. 그이도 없는데 옮길 때마다 힘들잖아요."

"무슨 소리냐. 애 아빠가 갑자기 오면 어쩔래! 힘들어도 참아라. 영 오지 않으면 나중에 목동들이 쓰도록 하면 되지."

그리고 솔롱고가 자라면서 아빠침대라는 걸 알고서는 솔롱고 때문에도 치우지 못했다. 단위에 세워둔 그녀와 아빠의 사진이 들어있는 편액을, 솔롱고는 손이 닳도록 매만지며 바라보았고, 어릴 때는 그 게르 안에서만 놀았다. 양떼를 방목하고 돌아와서도 아빠의 침대에서 아빠를 그리며 낮잠을 잤다. 솔롱고에게 아빠의 침대와 게르는 고귀한 보물이었다. 솔롱고의 모습을 물끄러미 바라보며 어머니는 말했다.

"솔롱고가 하는 짓을 보면, 제 아빠에게 핏줄이 당기는 모양이다. 이제는 치우고 싶어도 치울 수가 없구나."

11

춤추는 솔롱고

믿어지지 않는 현실에 모두는 지난 밤 잠을 이루지 못했다. 아빠를 그리워하며 어워를 보면 그곳으로 달려가, 아버지를 만나게 해달라며 텡게르 신에게 빌고 또 비는 솔롱고의 애잔한 마음을 어머니는 눈시울을 붉혀가며 말했다.

 꿈만 같은 아빠의 품속에 안긴 솔롱고는 눈을 감을 수가 없다. 잠을 자고 나면 아빠는 꿈속의 아빠일 것만 같았다. 새벽녘이 되어서야 깊이 잠든 아빠의 얼굴을 바라보며 '아! 우리아빠.' 한숨 쉬듯 감동의 마디숨을 토하며 아빠 품속을 파고든다.

 깊은 수면 속에서 솔롱고는 꿈을 꾼다. 오방색 하닥자락이 펄럭이는 생시처럼, 높고 험준한 가파른 바위능선 어워를 향해 솔롱고는 힘겹게 기어오르고 있다. 아빠를 만나게 해달라며 텡게르 신에게 빌고 또 빌어야만 아빠를 만날 수 있을 것 같다. 꿈속의 솔롱고는 아직도 아빠를 이렇게 찾고 있다.

어워너머 붉은 노을빛에 일순 눈이 부시다. 어워를 바라볼 수 없다. 빛살 속에 누군가 검게 서 있다.

아빠의 모습이다.

"아아브, 아아브,-"

(aaв, aaв/아빠 아빠-)

부르는 순간 노을빛도 아빠도 일순간에 사라졌다.

세상이 먹처럼 캄캄해졌다.

"잠꼬대 하는구나. 아빠 여기 있잖아!"

솔롱고를 끌어안고 그가 얼굴을 비빈다.

"아빠 꿈을 꿨어. 아빠가 없어졌어."

솔롱고는 가슴을 저리게 만들었다.

"아빠, 오늘은 엄마가 오실 거예요. 시간 맞춰 버스가 쉬는 곳으로 마중가요."

"그래, 아침 먹고 가자꾸나."

조반을 마친 그들은 말을 몰고 길을 나섰다. 드푸른 대지 복판으로 두 부자가 달리고 있다. 봉지가슴으로 아빠를 그리던 솔롱고에게는 꿈같은 현실이다. 이제 더 이상 바람은 없다. 그는 엥흐자르갈이 타고 올 말 한필을 손수 끌고 갔다.

"아빠, 버스가 오는가 봐요. 흙먼지가 보여요."

말등자를 내리치며 솔롱고가 앞서 달린다.

　숨가쁘게 호통트에서 그녀가 돌아오고, 상상도 못할 격정의 극적만남이 연록빛깔 비단 폭 내리덮인 초원바람 속에서 이루어졌다. 그리고 몇칠 뒤.

"하이르."

（хайр/사랑해요）

"하이르타이 엥흐자르갈."

（хайр энхзаграл / 사랑해, 엥흐자르갈）

　드 푸른 하늘은 눈이 부실 지경이다. 초원에 누워 그이의 팔베게로 품에 안긴 엥흐자르갈, 자꾸 흐르는 눈가의 이슬을 닦는다. 섭섭했던 한편의 갈등과 솔롱고의 아빠에 대한 그리움사이에서 괴로웠던 그녀는, 설마 이런 날이 올 줄 실로 상상하지 못했다. 꿈이며 절실한 바람일 뿐이었다. 그들이 타고온 두필의 말이 한가롭게 풀을 뜯고, 그의 품속에서 그녀는 가냘픈 목소리로 그가 그리울 때마다 띄웠던 노래를 토올로 부른다.

　　아주 먼 옛날부터
　　높은 나무들이

바람결에 흔들리고
버드나무들이 숲을 이루어
깨끗한 샘물에서
검은 단비들이 즐겁게 놀고
비옥하며 넓고 높다고 하네요.

슬픈 가락 속에 기쁨이 넘치고, 부르던 노래 끝에 줄줄
흐르는 눈물이 뜨겁다. 그이의 품속을 파고든다. 그이의
품속에서 한참동안이나 그녀는 어깨를 들썩이며 흐느꼈다.
이대로 영원하다면 더는 바랄게 없다. 조용히 이슬을 닦아
주는 그에게 '하이르.(хайр/사랑해요)' 하고 마디숨이 터진다.
그녀의 토올소리를 듣고 솔롱고가 머링호오르를 활처럼
어깨에 차고 백마를 타고 달려온다.

"아~브-."
(a~aв/아빠-)

말에서 내린 솔롱고가 머링호오르를 바위에 내려놓고 엄
마와 아빠사이로 파고든다.

"아브, 아브, 미니아브."
(аав аав минь аав아빠, 아빠, 나의 아빠.)

숨이 넘어가도록 아버지를 수만번 되뇌여 불러도 양이
차지 않는다. 솔롱고를 품고 그가 풀밭을 딩군다.

"그렇게도 아빠가 보고 싶었어?"

부자 모습에 질투가 났는지 자리에서 밀려난 그녀가 어린애처럼 둘 사이로 파고들며 솔롱고를 떼어 놓는다.

"솔롱고, 저리 좀 가. 아빠차지 좀 오래 할래."

"엄마는 여태 아빠랑 같이 있었잖아!"

둘의 애정싸움에 그는 그녀와 솔롱고를 양팔에 안았다. 그리고 코끝에 닿을 듯 가깝게 보이는 하늘을 가린 뭉게구름을 바라본다. 한참동안 그렇게 아빠의 애정을 향유하던 솔롱고가 불현듯 말했다.

"엄마, 아빠가 보고싶을 때 부르던 토올을 또 불러줘. 내가 춤을 출게."

옷깃을 여미며 일어난 그녀가 바위에 걸터앉아 머링호오르를 연주하며 그리움을 띄웠던 토올을 부른다. 어릴 적 조부는 어린 그녀에게 머링호오르와 토올을 손수 가르쳤다.

슬픈 음률로 흐르는 머링호오르 가락과 그녀의 토올가락 속에 무동(舞童)이 된 솔롱고는, 아버지의 앞에서 혼이 나간 것처럼 양팔을 올리고 내리며 때로는 돌기도 하며 춤사위를 폈다. 아빠의 그리움에 어린 봉지가슴 파르르 떨던 한을 몸짓으로 풀고 있다. 델자락 펄럭이며 넋 나간 듯 춤추는 솔롱고의 몸짓과 표정은, 몸으로 말하는 그리웠던 절

규며 표현이다. 그녀의 토올가락도, 심금을 파고드는 머링호오르의 호소적인 음율도 애절하다. 천번만번 입으로 말한들 어찌 이만이나 할까, 이토록 보고 싶었노라며, 이렇게 아빠를 그리워 했노라며, 맺혔던 한을 몸짓과 토올로 말하는 둘의 모습에 그는 전율했다.

그들의 퍼포먼스에 울컥 피부로 파고드는 벅찬 전율이 견딜 수 없던 그는, 풀어진 보스에[1] 다리가 감겨 넘어진 솔롱고를 와락 안고 풀섶을 딩군다.

"솔롱고, 그만, 됐어! 무슨 말을 하는지 알고 있어."

아빠 품속으로 솔롱고가 파고든다. 토올을 멈춘 그녀가 현을 내려놓고 다가와 눈가에 일순 어린 그의 이슬을 닦아준다. 앙가슴 떨며 애절했던 그들의 그리움은 이렇게 열매를 맺었다.

산꼭대기너머에서 암낙타울음소리가 들려오고, 황금베일 같은 석양에 긴 그림자를 끌고 양떼들이 줄지어가고 있었다.

---

1) 보스/бус : 델을 입고 허리에 두르는 천.

12

초원야경

바람한 점 없는 여름목초지, 달빛 교교한 아름다운 초원 야경(草原夜景)이다. 그날따라 늘 아빠 곁에 붙어있던 솔롱고를 할머니가 데려간 것은, 아빠 곁을 잠시도 떠나지 않는 솔롱고를 떼어놔야만 둘만의 시간을 가질 수 있기 때문이다. 게르문 밖으로 얼굴을 내민 그녀가 낮처럼 밝은 밤하늘을 바라보며,

"우리 달구경가요. 쟁반달이 떴어요."

하고 말했다.

말안장을 들고 나온 그들은 우리에 매어둔 두필의 말안장을 올리고 고삐를 풀었다. 그녀는 달빛에 윤기가 흐르는 흑마의 고삐를 건네주며 말했다.

"이 말은 당신 말이예요. 솔롱고가 점찍어서 길들여놓고 몸도 씻어 주며 아빠 말이라며 소중히 다루라고 늘 말해왔어요."

달그림자를 밟으며 그들은 장애물하나 없는 초원을 목영지가 보이지 않을 때까지 달렸다.

몸을 가릴 바위도 없고 구릉도 없다. 달빛 속 지평선 끝이 희미하다. 지난날 흑화(黑花)의 땅 항가이초원에서 사랑을 나눌 때, 그리고 아이를 낳으면 솔롱고라 이름 짓겠다고 다짐하던 풀밭에 델 자락을 펼 때처럼, 그녀는 말 잔등에 걸쳐온 담요를 풀 섶 위에 폈다.

초롱등불처럼 매달려 반짝이는 별빛 속에 그들은 눕는다. 팔베게 안으로 들어온 그녀에게,

조용히 그가 말했다.

"안아달라고 말해요."

"네?"

"안아달라고 말해봐요."

"아! 빨리 안아줘요."

와락 안아주는 품속으로 그녀는 파고든다. 주체할 수 없는 벅찬 감동이 뜨거운 몸서리로 전율하는 달밤이다.

"아! 하이르타이, 하이르타이. "

(aa! хайртай хайртай /아!사랑해요, 사랑해요.)

그녀는 은하의 돛단배가 되고 그는 사공이 되었다. 그녀의 가슴위에서 사공은 노를 젖는다. 천지가 무너지는 황홀이 시각을 무참히 무너뜨린다.

이 세상 아무것도 보이지 않는 황홀의 경지가 달빛 속에 흐른다. 그녀는 감정에 약하다. 꽃 멀미 속에서도 이슬이 흐른다. 이 벅찬 황홀이 가시지 않도록 달도 지지 말고, 은하수도 흘러가지 말며, 북두칠성도 북극성도 제자리에서 반짝거려주기만을 그녀는 원했다. 그렇게 애닮음이 풀린 그녀가 그를 꼭 안고서 말했다.

"솔롱고에게 아빠소식을 전해주려고 제가 호통트로 간 날, 당신이 먼저와 솔롱를 데리고 외숙부와 이곳에 오셨잖아요?"

"으흥!"

"오셔가지고 맨 먼저 어머니가 해주신 델을 입고 터허륵척 말가이를 쓰시고서 한국식으로 큰 절을 하셨다면서요?"

"으흥!"

"그때, 이렇게 말씀하시면서 절을 하셨다면서요? 에쯔 멩드치렐트 절걸트(ээж мэндчилэлт, золголт/어머님 절 받으세요.), 이렇게요."

"으흥!"

"그날 밤 어머니가 펑펑 우셨대요."

"야갸드 베?"

(Яагаад вэ/왜요?)

"하담에쯔(хадамэээж/장모님)라고 하시지 않고 일어서면서 어머님 손을 붙잡고 에쯔오당 아쯔터럭흐(ээж.удаан .а ж тѳрѳх/어머님, 오래오래 사세요). 하시니까 감동받으신 거예요. 친자식처럼 하시니까 일찍 돌아가신 오빠가 살아 돌아온 것 같았대요."

"팀우?"

(Тийм YY/그래요?)

"네, 그러시면서 그것이 문제가 아니라, 자식처럼 어머님이라고 말씀하시면서 엎드려 절하신 것이 그렇게 좋았대요. 친자식 같았다면서 한국 사람들은 부모에게 효도하고 예의가 바르다더니 정말 그렇대요."

"그리고……."

이 부분에서 그녀는 잠시 말을 끊고 슬며시 그의 눈치를 살핀다. 어머니의 말씀대로 행여 자기자식이라며 솔롱고를 한국으로 데려갈지 모른다는 말이 뇌리에 달라붙어 가슴 한쪽을 짓누르기 때문이다. 무슨말이 나올지 몰라 가슴이 일순 두근거렸다.

"그리고?"

하고 그가 되묻자,

불안에 몸을 일으킨 그녀는 자신의 무릎에 그를 눕히고

서 깜박이는 머루눈빛으로 내려다보며 말했다.

멀리 열린 게르 문에서 불빛이 새어나오고, 네 마리의 학(鶴)이 은하를 건너 쟁반달빛 속으로 헤엄쳐 날아가고 있었다.

"네, 앞으로 어떻게 하실 건지 당신 속마음을 어머님이 알고 싶대요. 저도 물론 그렇구요. 몽골신분도 궁금해요. 방송국아가씨가 그러는데 토이갈상 교수하고 같이 몸담고 계신다고 해서 얼마나 좋았는지 몰라요. 전처럼 기한을 정해놓고, 연구교수로 계시다가 다시 돌아가셔야하는지 모두 말씀해줘요. 연구교수임기를 마치고 돌아가실 때 붙잡지 못한 것을 얼마나 후회했는지 몰라요. 당신하고 이제는 떨어지지 않을래요. 당신을 이렇게 만나지 못했다면 솔롱고도 나도 종래 병들어 죽고 말았을 거예요."

그녀는 호소적인 음색과 사랑스런 표정으로 말했다. 올려다본 그녀의 머루눈동자가 달빛에 젖어있었다.

짙은 음색과 응석에서 그녀 내면의 깊은 애정을 그는 느꼈다. 풀 섶에 내려앉는 안개처럼 낮은 음색으로 조용히 그가 말했다.

"이제 내곁에 당신이 있고 아들도 있는데, 처자식을 두고 이제 어디든 가지 않을래요."

그러자 그의 다짐에 일순 기쁨의 파장을 견디지 못한 그녀가 외치듯 말했다.

"네? 뭐라구요? 아– 저깅(Зөгийн/여보)! 엥네르후헤드(Эх нэрхүүхэд/처자식)라고 하시다니! 당신마음을 몰라 어머니도 저도 여태 걱정했어요. 이런 말씀을 듣고 싶으신 어머님이 그래서 아까 솔롱고를 데려간 거예요. 생각치도 못한 말씀을 이렇게 해주시다니, 솔롱고도 어머님도 기뻐하실 거예요."

그가 던진 한마디 다짐에, 그녀의 가슴을 짓눌렀던 염려의 파장이 일순간에 소멸된다. 가슴 한쪽에 무겁게 걱정했던 것들은 기우였다. 사랑스러운 그녀모습에 뭉클 애정이 치솟은 그는 한바탕 짙은 키스로 그녀의 숨결을 마셨다.

그는 다시 말해줬다.

"연구교수임기가 끝날 무렵 총장님 면담이 있었어요. 임용기간이 없는 종신객원교수 임용장을 주시면서 제가 하던 과목을 오가며 한 학기씩 지속해 주기를 원했어요. 처음에는 아주 들어와 연구교수로 계속 학과를 맡아주기를 원했지만 한국과 몽골의 환율차이 때문에 거절했던 결과지요. 하지만 이듬해 솔롱고를 낳았다는 당신메일을 받고, 학기에 맞춰 다시 돌아왔지만 당신을 찾을 길이 없었어요.

그동안 오가며 강의를 하다가 여러 가지를 정리하고 아주 들어와 당신을 찾기 시작했어요. 만달고비 솜 아이막청사 민원실에서 당신의 목자등록을 확인했고, 아들의 아빠로 내 이름이 등재된 가족부를 보고 놀라기도 했지만 가슴 뭉클한 책임감도 느꼈어요. 치솟는 그리움에 에르데느 숙부 집으로 찾아가 테믈랭이 내준 말 한필을 몰고 구르반사이항으로 달려갔지만, 당신은 이미 떠난 뒤였지요."

"아! 그렇게 찾는 줄도 모르고, 나는 당신이 변한 줄만 알았어요. 당신마음도 모르고 원망도 했어요. 잠시라도 원망한 것을 용서해줘요. 처자식을 두고 어디든 가지 않겠다는 당신의 말씀은 우리가족에게 더이상 큰 선물이 아닐수 없어요. 아빠를 찾는 솔롱고가 늘 마음에 걸렸는데, 아-! 여보 고마워요. 사랑해요."

그러면서 그의 품속을 파고들지만,

"그리고…… 내, 아주 말하마! 한국에 그 사람 가정이 있을 텐데, 너, 그것은 대체 어떻게 감당할래!"

하고 말했던 어머니의 매서운 질책이 의식된 그녀는, 그이의 모든 것이 궁금할 수밖에 없다. 그가 하는 말 중에, 여러가지 무엇을 정리했다는 것인지, 어머니의 노파심이 포함된 말인지, 그것으로 다시 한국으로 되돌아갈 공산의 뿌리가 남아있지나 않을까, 예민하게 침습하는 가장 핵심이 되는 의문을 풀고 싶었다. 그녀는 일순, 내면에 불처럼 일어나는 조바심을 억누르며, 가장 예민한 그 부분을 조심스럽게 말머리를 멀리 돌려서 묻는다.

"그런데…… 여러가지 정리하신 건 뭐예요?"

그녀가 원하는 대답이 무엇인지 그는 바로 알아챘다. 이 부분만큼은 예상하고 있었다. 당연한 질문이다. 그래서 그는,

"참된 진실로 나는 당신에게 말할 수 있어요."

"무엇을요?"

하고 묻는 그녀의 목소리는 가늘게 떨렸다.

당초, 연구교수임기를 마치고 한국으로 돌아간 그가 살던 집은 텅 비어있었다. 실내가 개조된 집안은 겉 모습만 그대로일 뿐, 엉망이 되어있었다. 그간 아내는 무소식이 태반이더니, 나중에는 그가 귀국할 때까지 아무런 연락도 주지 않았다. 집전화도 아내의 핸드폰도 불통이었다.

평소 아내는 매번 상습도박으로 경찰서를 들랑거렸고, 결국 수소문 끝에 찾은 아내는 결정적으로 조직들과 어울려 도박판을 일삼고 누비고 다니다가, 그가 몽골을 가게 되자 본격적으로 살던 집을 개조하여 비밀도박장을 만든

것이 경찰의 급습 끝에 전과누적으로 3년의 실형을 선고 받고 교도소에 수감되어있었다. 그의 책과 물건들은 때지난 가치 없는 상품으로 반송된 물건처럼 박스에 담겨 골방에 쳐박혀 있고, 이웃들의 이야기로 그간의 사태를 알 수 있었다.

처음 그와 결혼 후 첫아기를 사산(死産)한 아내는 심각한 우울증에 시달리기 시작했다. 첫아기 사산이라는 트라우마는 아내를 괴롭혔다. 점차 비정상적인 정신심리상태로 빠져들기 시작했고, 나중에는 수차례 입원과 퇴원을 반복했다. 꽤 긴 날들이었다. 하지만 그의 헌신적 노력과 간병은 우울증을 점차 소멸시켰다. 그런 아내는 병증이 완화되어가는 언제부터인가 도박에 빠지기 시작했다. 처음에는 친구들과 가벼운 화투놀이 정도로 여기고 심각한 병증으로 시달리는 것에 비유하면 다행이라 싶었다. 그러던 아내가 전문도박꾼이라는 것을 알게된 것은 한동안 집을 들어오지 않더니 경찰서에서 연락이 온 뒤부터였다.

그 뒤부터 매번 아내가 저지르는 사회적 파장은 그의 앞길을 막았다. 자존심을 뭉개버렸다. 아내의 못된 버릇하나 휘어잡지 못하는 무능한 남편을 만들었다. 하지만 비록 사생아지만, 자신의 아이를 뱃속에 가졌던 아내였다는 동정

심이 바탕이 되고, 그것이 쓰지 않는 예금통장의 잔고처럼 남아있는 한가닥 정이었는지, 그는 아내가 복역하는 교도소를 찾았다. 투명아크릴로 차단된 칸막이 안에서 아내가 말했다.

"이혼해드리겠어요. 서류를 꾸며오세요."

그러면서 아내는 정을 떼려는지 서슴없고 내찬 말을 던졌다. 아내의 말투 속에는 또 달리 숨기는 것이 엿보였다. 나중에 알았지만, 매번 영치금을 넣어주는 도박조직의 한 사람이 아내와 깊은 인연을 맺고 있었다.

그러나 그는 아내를 탓할 수 없었다. 첫아이 사산이 불러다준 정신적 괴멸도 치유해 줄 능력이 그에게 더는 없었다. 그로서는 아내를 탓하기에 앞서, 그런 아내를 정신적으로 안정시키고 그것으로 치유가 된다면, 그가 누구이든 더 바랄나위가 없을 정도의 지경에까지 와있었다.

그가 말했다.

"집은 깨끗히 정리해놓았어. 몸 관리 잘하고 형기마치고 나오거든 당신이 살수 있도록 집은 당신 앞으로 해둘게."

아내는 눈물을 보였다. 아내의 일은 크고 큰 상처가 되었다. 정돈된 삶과 흩어져버린 행복의 조각들을 끌어모아, 새 삶을 재추구하기에는 아내는 너무 멀리 가 있었다.

등을 돌려야만 하는 현실을 그는 수용했다. 한동안의 자괴감과 침울한 생활 속에 몽골을 오가던 그는 아주 떠나기로 결심했다. 자신의 아들이 태어났다는 엥흐자르갈이 보낸 메일과, 아주 들어오기를 원하는 학교의 누누한 권유는 그의 결심에 일조했다.

이렇게 부끄럽고, 삶의 치명적 군더더기 같은 구차한 내용을, 굳이 엥흐자르갈에게까지 말할 필요는 없었다. 혼자 새겨야 할, 지금까지 살아온 삶의 한 부분에 커터칼이 스치고 간 상처일 뿐이었다. 그 상처의 아픔을 치유해주는 것은 솔롱고의 태생이며 엥흐자르갈이라는 존재다.
그러니까, 엥흐자르갈의 원론적인 바람은 지금 이대로의 삶의 지속가능성이다. 그리고 그 확신의 바탕이다. 그것을 엥흐자르갈은 염려하는 것이다. 그래서 거두절미하고 그는 이렇게 함축해서 말했다.

"이제…… 당신과 솔롱고는 나의 현재며 미래며 삶인데, 무슨 말을 더 하겠어요. 다시 돌아갈 갈 명분은 이제 없어요."
"아! 진심인가요? 고마워요. 당신마음도 읽지 못하고 모든 것이 꿈만 같아 조바심을 가졌어요. 원망도 했어요. 텔레비죤에서 당신을 보고서, 당신이 변한 것만 같아 오히려 제가 괴로워하니까, 어머니는 당신은 꼭 찾아올 사람이라며 저를 위로해 주셨어요. 그리고 뿌리깊은 모계사회에서도 남편인 당신이 있어야만 하는 것을 솔롱고는 저에게 일깨워 주었어요."

확신을 주는 그의 다짐에 몽골초원이 모두 내것이 된것처럼 엥흐자르갈은 기뻤다. 그녀는 더는 묻지 않기로 마음먹었다. 비로소 마음을 놓았다. 반면, 커터칼이 스치고 간 그에게 남은 상처는 그녀와 솔롱고로 하여금 이미 치유되어 있었다.

금세 애정이 치솟은 그녀는 차오르는 흥분을 참지 못했다. 교교한 달빛 속 은색바다에서 육신을 활짝 열었다. 그녀는 다시 돛배가 되었다. 그는 노를 젓는 사공이 되어, 기울어진 불가마에서 흘러내리는 쇳물처럼 뜨겁고 격렬한 몸짓으로 대은하를 헤엄쳤다.

줄곧 보다 못해 질투가 잔뜩 난 쟁반달이, 한번 욕구를 채웠으면 얼른 집으로 들어갈 일이지, 붙어있는 꼴을 더는 보기 싫다며 뒤도 돌아보지 않고 진둥걸음으로 지평선너머로 내려가고 있었다.

13

가족

투브아이막 목초지에서 남은 여름방학을 보내며, 그는 아들 솔롱고와 그녀와 말을 몰고 초원을 질주했다. 아침이면 목동들과 목초지에 양떼를 풀고, 낙타털을 깎아주기도 했다. 엥흐자르갈과 그는 당연히 제기된 구르반사이항 아르갈리산양동굴 바위그림을 찾는 일은 가정이 제대로 안정되면 본격적으로 하기로 했다. 한국에서든 몽골에서든, 사회생활의 원동력은 안정된 가정으로부터 나온다.

이제 새롭게 변화될 수밖에 없는 가정을 먼저 튼실하고 안전하게 구축해둬야 하기 때문이다.

방학이 끝날 무렵, 말에 오른 그들은 한가롭게 초원에 방목한 가축을 돌아보며 자연스럽게 솔롱고의 학교문제를 먼저 꺼낸 것은 그였다. 그는 먼저 그녀의 의견을 물었다. 그녀의 바람도 될 테지만, 묻기 전에 당연히 그가 먼저 꺼내야 할 터였다.

"엥흐자르갈, 다음 학기가 입학 철인데 우리학교 부설중학교로 솔롱고를 입학시켜요. 이제 시골에 놓아둘 수는 없어요."

"그렇잖아도 아이 중학교문제를 어떻게 해야 할지 말씀드릴 참이었어요. 이미 먼저 생각하고 계셨군요. 고마워요. 당신소식을 알아보려고 학교연구실을 찾아 갔는데. 숙소는 전에 쓰시던 하우스 그대로 쓰고 계시는 거죠?"

"그래요. 그방 그대로 쓰고 있어요, 넓은 거실에 방도 두 개여서 아파트를 구하지 않아도 우리가족이 충분히 생활할 수 있지만, 당신은 오며가며 당분간 어머님을 보살펴요. 목동관리도 해야 하고."

이야기를 듣던 솔롱고가 말머리를 돌리며 말했다.

"엄마, 나, 이제. 아빠 따라가는 거야?"

"그래, 이제 아빠계시는 곳으로 가는 거야, 중학교도 거기에서 다니고."

그녀가 방긋 웃으며 말했다. 솔롱고는 하늘을 찌르듯 기뻤다. 하지만 솔롱고는,

"정말이지? 그런데 엄마, 자야는 어떻게 하지?"

솔롱고는 자야를 걱정했다. 자야가 마음에 걸린다. 솔롱고가 자야와 가깝게 지내는 것을 그녀는 알고 있었다. 더구나 목동반장인 자야의 아버지는 목축지에 있었고, 자야의 학교문제로 자야는 어머니와 호통트에 살고 있었다.

방학이 되면 자야의 어머니는 자야와 솔롱고를 데리고 목축지로 들어왔고 집안일을 거들었다.

　이런 집안사에는 당연히 그의 의견과 판단이 필요하다고 그녀는 생각했다. 사유를 소상히 말하자 한참동안 생각한 그는 의외의 결정을 내린다.

　"그럼, 둘 다 중학교를 같이 보내고 자야 어머니를 목축지로 아주 데려와요. 그럴 수 밖에 없잖아요."

　아버지의 결정에 날듯이 기뻐하는 건 솔롱고다. 내심 어린봉지가슴으로 의지해온 자야가 마음에 걸렸다. 자야 역시 솔롱고의 마음과 다르지 않았다. 자야까지 거두는 일에 그녀는 내심 큰 부담을 주는것 같았지만, 되레 그는 가장답게 편안하게 현실을 앞서 받아들였다. 그래서 다시 말하기를,

　"자야까지 거두려면 당신이 힘드시잖아요."

　"자야 아버지가 목동반장이면 목축일을 책임있게 할텐데, 어차피 우리가 거두어야 하잖아요. 또 차제에 자야 어머니를 아주 데려오면 당신 일손이 줄어들테고, 집안일은 자야 어머니에게 맡기고 당신도 자주 나와야 하니까 오히려 잘된 일이잖아요."

　"고마워요. 여보, 이제 가장인 당신말을 따를게요."

　야호! 신이 난 솔롱고가 바람보다 빠르게 말을 몰았다.

방학이 끝나고 중학교에 들어간 솔롱고와 자야는 그의 숙소에서 학교를 다녔다. 자야는 작은방하나를 쓰게 했다.

꾀 넓은 큰 방과 거실에 주방이 따로 있고, 욕실과 냉장고와 세탁기까지 갖춰진 교수 동 하우스에서 가장 큰 숙소다.

다른 숙소에는 고향이 먼 몽골교수가족들이 생활했다. 며칠 동안이나 엥흐자르갈은 아이들과 생활할 수 있는 여러 살림을 마련해주고 목축지로 들어갔다.

그는 여태 느끼지 못한 자식 키우는 재미에 빠졌다. 조리해준 음식을 맛있게 먹는 모습이나. 아빠 옆에서 잠자는 모습을 보아도, 또, 자라나는 모습을 보면서 한국에서 잃은 자식에 대한 상처도 아물어갔다. 같은 울타리 안에 부설학교가 있는 것도 퍽 좋았다. 아침이면 솔롱고와 딸처럼 여겨지는 자야를 데리고 같이 집을 나선다.

하굣길 솔롱고와 자야는 세종학당에서 한국어과외까지 마치고 그의 연구실로 오면 집으로 같이 들어오거나, 아니면 백화점에서 새 옷도 하나씩 사 입히고, 맛있는 것도 함께 사 먹였다. 헨드폰도 하나씩 장만했다. 초원오지로 들어가면 먹통이 되지만 울란바타르 도심은 물론, 각 지역 솜이 가까운 초원에서는 통화가 가능했다. 지역 솜이 가까운 그녀의 목초지 투브아이막에서도 통화가 되었다.

태양광열판전기로 충전도 가능했다. 아직은 외국자본유입의 결과일 테지만 몽골경제가 빠르게 상승한다는 것을 말한다. 헨드폰이 신기한 솔롱고와 자야는 밤이면 엄마와 할머니에게 전화를 했다. 토요일부터 휴무여서 금요일 오후에는 버스를 타고 아이들을 데리고 목초지로 들어갔다.

솔롱고의 장래를 염두에 둔 그는 그녀가 전공한 몽골역사학을 공부시키거나 대학원에서는 고고학을 연구할 수 있는 전공학과를 선택하도록 생각하고 있었다.

솔롱고의 학구열과 아빠를 닮은 남다른 호기심이 충분한 바탕이 되었다. 이제 그에게 처가조상의 기록화인 구르반 사이항 아르갈리산양동굴 바위그림을 찾은 후에는 어쩌면 솔롱고가 꽃을 피우게 될 나이가 될 것이다. 하루 이틀 단시일에 찾아질 동굴이 아니기 때문이다. 솔롱고의 장래에 대한 생각을 그녀는 동의했다.

그녀는 매주 자야의 어머니에게 살림을 맡기고 어머니를 보살피도록 이르고서 이따금씩 목축지에서 나와 생활을 같이 했다. 그녀와 솔롱고에게 변화된 꿈같은 이 현실은 어워에서 텡게르 신에게 발원해온 솔롱고의 공덕과 꿈의 소산일지도 모른다. 이렇게 크게 변화된 환경은 모두에게 새로워진 삶으로 다가섰다.

그동안 어머니는 그를 그리워하는 엥흐자르갈과, 또 솔롱고가 커가는 모습을 보면서 내심 가슴앓이를 해왔다.

그가 씨를 뿌리고 간 솔롱고가 태어나면서 집안의 가계를 이어가게 되었지만 그것이 결코 능사는 아니었다.

모계사회몽골에서 솔롱고의 피는 달랐다. 어워만 보면 그곳으로 달려가 아버지를 만나게 해달라며 빌고 또 빌었고, 자라면 한국을 가서라도 아버지를 찾겠다는 말에 내심 충격을 받은 것은, 언제가는 어머니도 버리고 아버지를 찾아 한국으로 갈 것만 같아 솔롱고가 커 갈수록 조바심이 쌓였다. 결국, 자신이 죽고 나면 엥흐자르갈 혼자 남을 것 같은 노파심에 내심 괴롭기도 했다.

그렇다고 그것을 엥흐자르갈에게 말할 수도 없었다. 핏줄이 당기는지 저도 모르게 어워를 찾아 염원하는 솔롱고를 말릴 재간이 없었다. 하지만 이제, 누구에게도 말할 수 없이 고뇌하던 걱정들이 그가 나타나 꿈같은 생활의 변화가 보이자, 어머니는 한시름 놓았지만 시난고난 몸이 아프기 시작했다.

14

장례

그녀가 전화를 한 것은 한해 유목을 마치고 구르반사이
항 고향목축지로 돌아온 후였다.

　"구르반사이항으로 내려왔어요. 곧 겨울방학이니까 방
학하는 대로 아이들 데리고 내려오세요. 그리고 만달 솜에
서 구르반사이항까지 오가는 버스노선이 따로 생겼으니까
만달 솜에서 버스를 갈아타세요. 오시면서 전화를 주시면
솜으로 말을 끌고 나갈게요."

　"어머니 아프신 건 좀 어때요?"

　"당신이 한국에서 들여온 약을 드시고 많이 좋아졌어요."

　방학이 되자 모두는 배낭을 메고 돈드고비아이막 만달
솜으로 향했다. 그동안 솔롱고와 자야는 고등학교를 졸업
하고 나란히 제8대학에 입학했다. 저녁이면 늦도록 거실
이나 학교도서관에서 형제처럼 함께 공부를 했다. 같은 학
과를 선택했고 둘은 공부를 퍽 잘했다. 솔롱고는 아버지보
다 키가 컸다. 그리고 이제 아빠라고 부르지 않았다. 한국어
로 아버지로 불렀다.

만달 솜에 도착한 그들은 노선이 새로 생긴 버스를 다시 갈아타고 구르반사이항 솜에 도착했다. 그녀는 그의 흑마와 솔롱고의 백마, 그리고 자야가 탈 말고삐를 잡고 처남인 에르데느 테믈랭까지 나와서 기다리고 있었다.

다른 때와 달리 처남인 테믈랭과 그녀는 침울한 표정을 짓고 있었다. 그를 보자마자 품에 안긴 그녀는 그의 가슴에 얼굴을 묻고 어깨를 들썩이며 흐느꼈다. 거기에 둘은 하르하닥(검은 천)을 어깨에 매달았고, 흑마와 백마의 머리에도 하르하닥이 매달려있었다. 솔롱고가 자신의 배낭을 백마의 말안장고정대에 걸고, 아버지의 배낭을 받아 흑마의 안장고정대에 걸고서 물었다.

"어머니, 무슨 일인데 우세요? 어깨에 하르하닥은 뭐예요? 말머리에도 그렇고, 무슨 일이 생긴 거예요?"

이어 그녀가 솔롱고를 품에 안았다. 테믈랭에게 그가 물었다.

"테믈랭, 무슨 일이지요?"

"어젯밤, 고모님이 갑자기 돌아가셨대요."

"뭐라고? 어머님이 돌아가셔요?"

"네."

그들이 목축지로 돌아오자 목동들이 검은 깃발을 매단

장대를 게르마다에 세워놓았고, 말머리에 모두 하르하닥을 매달아 놓은 것은 초상을 알리는 표식이었다.

집으로 오자마자 그들은 어머니의 영전으로 들어갔다. 어머니가 쓰던 게르에는 차강하닥(하얀 천)으로 감싸놓은 시신 옆에 향을 피웠고, 중앙 불전에도 촛불이 켜있었다. 가린 하닥을 걷고 그는 차갑게 식어버린 어머니의 얼굴을 매만졌다. 어머니는 처음 볼 때부터 그녀처럼 무한한 사랑을 그에게 주었다. 더구나 그가 한국으로 돌아간다는 것을 알면서도, 신방을 마련하고 손수 바느질로 지은 할하부족을 상징하는 푸른 델을 입혀주었다.

그리고 요약된 혼례의식으로 그를 사위로 맞아들였다. 어머니는 솔롱고를 키우면서 그가 돌아오기를 늘 원했다. 지난일을 회상하며 그는 흐르는 이슬을 닦았다. 그리고 어머니의 깊은 애정을 느껴온 그가 차가운 어머니의 얼굴에 자신의 볼을 비비며 어깨를 들썩이며 슬퍼하자 그녀가 흐느꼈다. 할머니를 부르며 솔롱고가 무릎을 꿇고 슬피 울었다.

모두는 전통의상으로 갈아입었다. 그는 어머니가 손수 바느질로 지어준 할하부족 상징의 푸른 델과 전통말가이 터허르척을 머리에 썼다.

어깨에 하르하닥을 매달아주며 그녀가 말했다.

"어머니는 당신과 솔롱고를 얼마나 생각했는지 몰라요. 당신과 솔롱고가 목영지로 들어온다고 하면 얼마나 좋아하셨는지 몰라요. 더구나 당신은 어머니에게 친자식처럼 정을 많이 주셨어요. 들어올 때마다 어머님이 좋아하실 선물을 늘 사왔고, 헨드폰을 사고서는 어머니와 통화하면서 아들처럼 응석도 부렸다면서 좋아하셨어요."

그러면서 장례방식을 두고 의견을 물었다.

"자야의 아버지가 풍장(風葬)을 할 것인지, 매장(埋葬)을 할 것인지 장례방식을 물었어요. 지금 여기 기온이 영하 43도예요. 땅이 모두 얼어서 팔수가 없다는데 어떻게 해야 할지를 모르겠어요. 그래서 옛사람들은 풍장을 했대요. 당신생각으로 어머니 장례를 치르세요. 저는 감당이 안돼요. 모두 그대로 따를게요. 그리고 삼일장이지만 어머님형제로 호통트 외숙부님 단한 분인데 외숙부님이 오시면 장례를 치러야 해요. 연락을 했어요. 트럭을 몰고 오신다는데 그래도 일주일은 넘게 걸릴 거예요."

몽골 인들에게는 고대부터 내려온 여러 가지 장례풍습이 있었다. 전통적으로는 왕족과 귀족, 화신이나 고승, 무당을 장례하는 풍습과 평민들이 장례하는 풍습이 달랐다. 장례의 종류에는 풍장

(風葬), 화장(火葬), 매장(埋葬), 그리고 미이라로 만들어 보관하는 방법 등이 있었다. 몽골의 가장 보편적인 장례는 매장과 풍장이 었다. 풍장은 고인의 시신을 늑대먹이로 주는 것으로 이는 늑대를 조상으로 여기는 데에서 비롯된다. 고인의 시신을 자연 속에 방치하는 식이었다. 우리가 알고 있는 몽골의 장례, 즉 풍장은 원래 16세기 이후에 라마교의 도입으로 전래되어 장례의 주종을 이루었다. 근대화가 이루어진 이후 1956년전 까지 일부 오지에서는 풍장이 몰래 이루어지기도 했다. 하지만 이제 풍장이 불법으로 간주되기 때문에 매장을 하게 되었다. 고인을 매장하는 절차는 먼저 땅을 택하고, 시신을 집안에 모시고 애도를 표하고 땅에 묻는 순서로 이루어진다.

단호히 그는 말했다.

"땅을 녹여서라도 양지에 매장을 해드려야지, 어머니를 절대 풍장할 수는 없어요."

"그렇게 결정하셨으면 저는 목동들에게 관을 만들게 하고, 관을 장식할 준비를 할게요. 당신은 장지를 미리 정해 줘요."

테믈랭을 데리고 밖으로 나간 그는 목축지멀리 바위투성이산맥 끝자락 대지에 다다르자 말고삐를 당겨가며 이곳저곳을 살피다가 말에서 내리며 테믈랭에게 말했다.

"산맥이 바람을 막아주고 따뜻한 남쪽이어서 하루 종일 햇볕이 드니까, 며칠이고 땅이 녹을 때까지 이곳에 마른 아르갈(소똥)과 허머얼(말똥)을 두텁게 바닥에 깔고, 그 위에 장작을 넓게 쌓고 불을 피우도록 목동반장에게 일러줘야 하겠어. 테물렝."

"네, 바로 말해 둘게요"

목동반장 더르쯔는 여러 목동들을 진두지휘하며 목축관리는 물론 집안사를 퍽 잘 다스렸다. 그는 목동들과 땔감으로 쌓아 둔 아르갈과 허머얼을 소달구지에 잔뜩 실어 장지로 며칠 동안을 날랐다. 그리고 그것을 두텁게 바닥에 깔고 그 위에 장작을 쌓고 불을 지폈다. 꽁꽁 얼어붙은 영하 43도의 대지는 며칠 동안이나 불을 피우고서야 땅을 겨우 파헤칠 수 있었다. 장지의 매장준비가 끝나자 목동들은 자작자무판자로 관을 만들어 고인의 게르 앞마당으로 옮겼다.

더르쯔가 이를 알렸다. 그녀는 그동안 준비해둔 푸른색 비단천으로 관 뚜껑을 장식하고 내부는 부드러운 노란색 비단을 깔았다. 자야와 자야의 어머니가 이를 도왔다.

그리고 같은 색깔의 꽃단장을 했다. 푸른색은 영원한 하늘, 내부 노란색 비단천은 황금빛 대지를 상징한다.

이렇게 장식을 하고나자 호통트에서 트럭을 몰고 외숙부 가족들과 또 다른 가족들이 도착했다. 어머니가 모셔진 영전으로 들어가 참배를 마치자 외숙부에게 그가 말했다.

"외숙부님, 며칠 동안 불을 피워 언 땅을 녹여 파냈어요. 이제 모시기만 하면 되는데, 어머님가시는 길을 닦아드릴 스님 몇 분을 모시고 싶어요. 만달 솜이나 구르반사이항 솜에 사원이 있을 거예요. 외숙부님께서 스님들을 트럭에 모시고 오세요. 토올치도 구할 수 있거든 같이 모셔오세요."

"알았네. 바로 다녀오겠네."

목동들은 목축지주변대지 여러 곳에 검은 연기를 피웠다. 연기를 피우고 난 다음 날부터 멀리 다른 목축지에서 검은 연기를 본 유목민들이 말을 타고 문상을 오기시작 했다. 검은 연기는 매장이 끝날 때까지 피운다. 상주가 된 그는 솔롱고와 문상객을 맞았고, 그녀와 외숙모는 그들을 영접했다. 스님 두 분을 모시고 외숙부가 온 것은 삼일 후였다. 고인을 매장하는 날이 월, 수, 금요일 중에 택일을 하기 때문에 스님들은 일정을 맞추어 왔다.

이른 아침의 발인이다. 소달구지에 양털메트를 깔고 고인의 관을 모시고 모두는 장지로 향했다.

유가족과 문상객들이 뒤를 따랐다. 이렇게 장지로 향하는 것은 고인의 마지막 길이지만 유가족들은 절대 소리 내어 울지 않는다. 어떤 소리도 내지 않는 것은 눈물을 흘리면 영혼이 물에 빠져 가는 길에 장애가 된다고 여기기 때문이다. 이러한 풍속은 곡을 하고 소리를 내며 슬퍼하는 우리의 옛 상엿길 장례풍속과는 사뭇 다르다.

장지에 다다르자 목동들은 무덤 오른 쪽 매트에 관을 내려놓았다. 관례에 따라 법주(法主)스님은 장지주변에 금을 그었다. 그리고 보따(쌀)와 하얀 샤르터스(버터)가루를 안장(安葬)터에 뿌리고, 손법륜을 돌리며 차려놓은 산왕단(山王壇)에 망축(望祝)염불로 산신에게 빌었다. 이어 무상계(無常戒)동음창화염불가락으로 한참동안 영가의 가는 길을 닦았다.

의식이 끝나고 의식을 주관하는 법주스님은 영가에 대한 축원의 말로 유가족들을 위로하고, 이어 가족들은 무릎을 꿇고 관에 손을 얹고 마지막 고인의 명복을 빌었다.
그렇게 고인이 안장되고 매장이 끝나자, 토올치들이 머링호오르와 오르팅을 연주하며 오랫동안 장가(葬歌)를 노래하며 영가를 위로했다.

주검의 냄새를 맡은 독수리 떼들이 까맣게 하늘을 수놓았다. 토올치들이 연주하는 머링호오르와 오르팅소리와 토올가락이 바람을 타고 구르반사이항 바위산맥을 울렸다.

스님들과 토올치들이 물러나자 안장 터를 중심으로 목동들이 머리에 검은 천을 매단 말떼를 몰기시작 했다. 매장 터 주변에 불을 피웠던 검은 재가 보이지 않을 때까지 목동들은 말떼를 몰아 땅을 뒤집고 물러나자 매장 터의 흔적이 더는 눈에 띄지 않았다. 하지만 그는 매장터를 정하면서 바위벼랑부터 발걸음을 세어 정했기 때문에 언제라도 그곳을 알 수 있었다. 그리고 이듬해 유목을 마치고 돌아온 목동들에게 반듯한 바위하나를 매장터에 올려놓고 어머니의 이름과 자손들의 이름을 새겨놓았다.

몽골의 장례는 이제 매장문화로 완전히 변했다. 도시사람들은 지정된 초원에 매장하고 유목민들은 대부분 고향초원에 매장한다. 어머니는 솔롱고와 엥흐자르갈이 비로소 그와 사는 모습을 보고 그렇게 눈을 감았다.

어머니의 장례는 또 한 번 가정의 변화를 가져왔다. 가축도 늘어나 일손이 부족했지만, 목동반장 자야의 아버지 더르쯔와 어머니 푸랩은 집안일에 성심을 다했다.

어느날 엥흐자르갈이 말했다.

"자야가족 펭게르를 큰 것으로 바꿔줘야 하겠어요. 목동 반장품위에 맞게 진즉 해줬어야 하는데, 차일피일 미뤄졌어요. 매년 모범사육으로 훈장을 타오는 것도 자야 아버지가 아니면 어림도 없어요."

"어머님치상을 치루면서 더르쯔가 아니면 힘들었는데, 목영지일은 당신이 알아서 결정해요."

"그래도 집안일이니까 어떻게 돌아가는지 당신은 아셔야 해요. 그리고 솔롱고와 자야가 어릴 때부터 같이 자랐는데 때가되면 묶어줘야 하겠어요. 지금 둘이서 말을 타고 양떼몰이를 갔어요. 집에서도 항상 붙어다니는데 보기는 참 좋아요."

"녀석들이 한국어공부도 같이 하는데 셋이 앉으면 한국어로 대화하곤 했어요."

"그래요? 당신이 자야를 데리고 계셨으니까, 자야를 잘 아실 거예요. 아이들 장래는 당신에게 맡길게요."

이때 쯤 이렇게 자야와 솔롱고의 혼례문제가 집안의 화두로 대두된다.

제 2부

찬란한 전설의 암각화

1

담론

비로소, 아르갈리산양동굴 바위그림탐사를 그녀와 의논하기 시작한 것은 어머니의 장례를 치르고 몇 년이 넘은 뒤였다. 어머니의 빈자리는 그렇게 컸다. 그들은 먼저 조부에게 전해들은 가문의 전설을 정리하는 일이었다. 그리고 거기에 의지할 수밖에 없었다.

어쩌면 둘 사이가 처음부터 이것으로 맺어졌고, 솔롱고를 잉태하게 되는 필연적인 인연으로까지 이어졌다. 그녀는 자야의 부모에게 목축살림을 맡기고 울란바타르로 나온 것은 어머니의 빈자리가 그동안 메꾸어지고 조금은 여유로워졌기 때문이다. 그동안 솔롱고는 대학을 마치고 제8 대학 대학원에서 고고학을 전공하고 연구교수로 재임하는 때였다.

탁본을 펼쳐놓고 그들은 줄곳 토론을 이어갔다. 방점을 찍을 수 있는 결과가 나오면 비로소 탐사에 임할 계획을 세울 참이다. 그녀에게 말했다.

"이제 가문의 역사를 정리해 봅시다."

"네."

"생전, 조부의 말씀을 정리해 보면, 선조 칙치드에게 동굴암각화를 물려 받은 척트조상께서 두 아들을 아르갈리 산양서식처 동굴로 데려가지요. 그곳에서 동굴암벽에 그림을 새기는 방법을 알려줬고, 그 두 아들의 이름은 장손 뭉흐토야와 둘째인 엥흐아랄이죠. 동굴은 눈에 띠지 않는 바위절벽에 있고 두 후손에게 모든 것을 알려준 척트조상은 장손 뭉흐토야와 유목민병사를 이끌고 칼라칼치트 전투에서 참패한 칭기즈 칸 군영으로 달려가지요."

"네."

"척트조상이 두 아들에게 동굴의 위치를 알려준 것은 처음이자 마지막이 되었죠. 유럽원정에서 전사하셨으니까."

"네."

"그후, 전장터에서 돌아온 바로 후대장손 뭉흐토야 조상이 아버지의 말씀대로 동굴암벽에 부호와 그림으로 조상의 역사를 새기기 시작했고 척트조상과 생사고락을 같이했던 애마인 흑마의 영혼에게 이끌려 설원 속을 헤메다가 동사하게 된 거죠."

"네, 그러면 칙치드 선조를 1대로 하고, 척트-뭉흐토야와 엥흐아랄 순으로 이어지고 마지막 뭉흐토야의 주검으로 이야기는 끝나는 군요."

"맞아요. 그렇게 정리가 되죠. 그러다가 유일하게 동굴을 알고있는 양피지탁본을 뜨신 선조가 사회주의 네그델 정책을 반대하다가 시베리아로 끌려가 처형되는 바람에 양피지탁본만 남게 되고, 동굴바위그림은 집안의 전설로만 전해왔지요."

"네, 그럼, 동굴을 찾는 일만 남았어요. 어떻게 찾으실 거죠?"

"조부의 말씀 중에, 척트조상께서 신성시 여겼던 동굴로 들어가 바위에 그림을 새길 때는 먼저 어워에 기원을 올렸다고 하니까, 14세기 어워가 남아있을 리 없지만 그 어워의 흔적을 염두에 두고, 이흐투를지 팔로유적지 현장조사 연구에서 암각화가 있는 곳에는 어워가 있고 돌무덤이 있다고 기록되어 있는데, 그것들은 일직선상에 놓여 있다고 했으니까, 어워 - 동굴암각화 - 돌무덤, 이렇게 등식이 성립 되지만 조부의 말씀 중에 인근 율린암 절벽까지 포함하면 사각구도가 되지요."

"네."

"그러면 2000년 전 영혼들의 돌무덤은 처음 내가 죽을 고비를 넘기며 구르반사이항을 갔을 때 당신과 답사를 마쳤고, 그곳을 기점으로 율린암바위절벽 반대편 쪽에 어워의 흔적이 있다고 여길 수 있고, 그 사이 바위벼랑에 동굴이 존재한다고 여길 수 있지요. 물론 그 거리가 방대하지만⋯⋯."

"당신의 논리는 제가 따라잡을 수가 없어요. 그럼 어떻게 하실 거죠?"

"해석은 이렇게 쉽지만 그런 논리 하에서 찾는 수 밖에 없고, 먼저 어워의 흔적을 찾는다면 그 가까운 지점에 바위절벽 아르갈리산양들의 생태연구로 들어가야죠. 이제 다녀오는 일시적 방식이 아니라, 아예 일정을 잡아 캠프를 치고 생활하면서 일정기간 본격으로 임해야지요."

담론을 통해 이렇게 결론을 내린 그는 조금씩 탐사준비에 들어갔다. 추론한다면 당대의 어워-동굴-돌무덤-율린 암바위절벽까지 사각구도의 중심부 어디엔가 전설의 동굴이 존재한다는 것은 분명한 사실이다. 하지만 그 거리는 실로 만만치 않은 거다.

그 중심부지역은 아르갈리산양들의 서식처이며 서식처 어딘가의 동굴을 찾기란 불가능하지만, 조부가 전해준 전설 속에서 실마리를 찾아야 한다는 결론을 그는 내렸다. 그는 생전 조부가 전해준 전설을 되뇌었다. 조부는 이렇게 말했었다.

-고비를 가거든 아르갈리산양의 뿔을 먼저 찾게. 우리가 계의 전설에 따르면, 그곳은 산양들의 서식처로, 그들의 은신처인 동굴에 그림이 새겨 있고 산양들이 해가 지면 들어가는 곳이 그 동굴이라고 했네.-

불현듯 엥흐자르갈 가계의 전설 속 구르반사이항고비에서 아들 뭉흐토야와 엥흐아랄에게 바위그림을 새기는 방법을 전수시키는 척트 조상의 음성과 조부의 음성이 현실로 들려오는 것 같았다. 생전 조부가 들려준 이야기를 되뇌던 그는 전광석화처럼 스치는 실마리를 찾는다.

그녀에게 말했다.

"엥흐자르갈. 조부님 말씀 속에 실마리가 있어요."

"어떻게요?"

"척트 원조상이 유럽원정에서 전사하고 전장터에서 돌아온 아들 뭉흐토야 조상께서 전설의 그 동굴로 들어가, 암벽에 칭기즈 칸으로부터 영웅칭호를 받은 아버지의 업적을 새기지요. 그 때 아버지 원조상의 애마였던 죽은 흑마의 울음소리를 듣고 밖으로 나가, 가족과도 같았던 흑마를 찾아 헤메다가 설원 속에서 동사했다고 했지요. 그 장소가 율린암절벽이라고 했어요. 그렇다면 율린암절벽과 아르갈리산양들이 우글거리는 그 가까운 중심부 바위절벽에 문제의 동굴이 있는거지요. 다만 산양들이 들어가는 동굴만 찾으면 되는데 조부말씀 중에 눈에 띄지 않는 그늘진 곳이라 했어요."

"그럼 앞으로 어떻게 하실거죠? 학교강의는 어떻게 하시구요?

"일년 휴년기 신청을 아주 해놓고 본격적으로 해야겠어요. 그러고서 캠프를 치면 아르갈리산양들의 서식처관찰을 며칠이라도 해야죠. 그러자면 단단한 준비가 필요하고 하루 이틀도 아니고 아예 구르반사이항 목축지에 연구용 게르를 세워 생활하면서 찾기로 해요. 프랑스 암각화연구팀들이, 아르항가이 이흐 타미르 바위그림군락지에서 9개월동안 게르를 세우고 널려있는 바위그림들을 연구하는 현장을 예전에 함께 보았던 생각 나지요?"

"네, 그랬지요."

이렇게 생각되자 그들처럼 장기적인 계획을 세우고 본격적으로 탐사를 하기로 그는 마음먹었다. 오늘에 이르기까지 그녀의 겨울목축지에서 조부로부터 듣게 된 태초 할하부족의 땅은 엥흐자르갈이 그에게 사랑을 처음 고백했던 땅이기도 하다. 그곳에 게르를 세우기로 했다. 그곳은 결코 낯설지 않은 땅이다. 이곳에서 조부로부터 할하부족 가문의 역사를 들었다.

알타이산맥의 맨 끝자락, 바람이 만들어낸 고비, 구르반
사이항은 척박하고 메마른 땅으로 구르반사이항이라는 이
름을 번역하면 세개의 아름다움이 있다는 땅이다. 인구밀
도가 가장 낮은 지역으로 바위가 많고 선사시대부터 할하
부족 근거지로 군영이 존재했다. 반사막대지인 이곳의 주
가축은 낙타이며 낙타는 힘이 세고 60일을 먹지 않아도
목숨을 잃지 않는다.

또 낙타 젖으로 약을 만들었기 때문에 지금의 내몽골 차
하르부족들의 낙타약탈이 빈번했다. 또 이곳은 아르갈리
산양들의 주 서식처이기도 하다. 끝없는 바위투성이 산맥
이 부채꼴 모양으로 퍼져있는 이곳은 바람이 거센 봄이면
홍고린 사막에서 날려 오는 모래폭풍의 영향을 받기도 한다.
비가 적게 내리므로 메마르고 가혹한 환경이지만, 반면 자
연훼손이 적다. 그래서 지금은 국립공원으로 자연의 모습
이 독특한 조화를 이루고 있는 땅이다.

2

탐사여정

어워르항가이 바트얼지에서 목축을 하던 목동반장 더르 쪼는 구르반사이항 목축지로 네 동의 게르를 옮겨 세웠다. 본격적인 동굴탐사에 필요한 캠프다. 그곳에 태양광집열 판을 설치하고 필요한 가구를 들여놓았다.

그는 그곳에 마른음식물과 여러 식재료, 쌍안경, 기능이 높은 동영상카메라와 거치대, 영상을 볼 수 있는 노트북, 만약을 위한 산악장비까지 준비하는 데는 또 몇날 며칠을 소일했다. 장시간 촬영이 가능한 고출력동영상카메라는 아르갈리산양들이 가장 많이 출현하는 절벽 앞에 설치할 참이다. 거기에 다섯필의 말과 서너 마리의 낙타는 필수다.

아르갈리산양은 깍아지른 절벽을 타고 다니는 동물로 위험을 느끼면 일시에 도망치지만 단 한마리도 절벽에서 굴러 떨어지지 않는다. 아르갈리산양들의 생태를 모르고 처음 그가 탐사했던 방식은 어리석은 현장답사수준에 불과했다. 한참 힘이 넘치는 청년기에 접어든 솔롱고와 자야는 당연히 합류시키기로 했다.

그러니까 일단의 가족들로 탐사팀이 구성된 셈이다.

탐사준비가 끝난 그는 탐사에 앞서 양피지탁본을 분석한 자료와 조부가 말해준 전설이야기를 총정리한 발굴계획서를 가지고 몽골고고학연구소 어트겅바야르 소장과 몽골문화유산연맹 엥흐테르 대표를 만나 자료를 보여주며 협조를 구했다. 자료는 그들을 흥분시켰다. 그들은 이문제를 그와 함께 몽골문화국에 들고 나섰다. 발굴의 필요성을 브리핑했고, 그에 따른 예산지원을 문화국에 여러차례 요구했다. 하지만 매번 여의치 않는 답변이 돌아왔다.

몽골경제현실이 그랬다. 범 몽골행사한번 치루는 것 마저도 예산충당이 어려운 몽골은 각국대사관에 지원요청을 해야 할 지경에 있었다. 때문에 고고학연구소나 문화유산연맹은 현존하는 문화유산을 있는 그대로 유지만 할 뿐으로 관리에 필요한 시설자체도 불가능한 형편에 있었다.

더는 바랄 수 없었다.

그는 별수 없이 자신을 중심으로 가족들로 탐사팀을 구성했다. 그 자신과 엥흐자르갈, 아들 솔롱고와 자야, 그리고 목동반장 더르쯔와 몇명의 목동들이다. 목동반장 더르쯔는 아르갈리산양의 생태를 잘 아는 인물이다.

캠프가 정리되자 그녀와 솔롱고를 데리고 맨 먼저 찾은 곳은 어머니가 매장된 땅이다.

그는 말했다.

"수태채를 뜨겁게 덤뷔에 담고 어머님이 좋아하신 반취는 빠트리지 말아요."

"아버님, 그건 왜요?"

솔롱고가 물었다.

"할머니 묘소부터 다녀와야 한다. 할머니가 좋아하시던 음식을 챙겨 네 엄마랑 모두 가서 진상을 올리자꾸나."

몽골은 우리처럼 조상의 묘소를 찾지 않는다. 고대풍습에서는 한번 묻히면 말떼를 몰아 흔적을 지웠다. 하지만 조상에 대한 제의가 없는 건 아니다. 조상을 섬기는 것 만큼은 몽골의 삶과 민속에서 찾아볼 수 있다. 일례로 유목민의 게르에 들어가면 북쪽 중심단위에 조상들의 모습이 담긴 편액이 세워져있다. 몽골 인들은 먼 길을 가거나 다녀오면 조상의 편액 앞에 무릎을 꿇고 한참 동안 참배를 올리는 것을 볼 수 있고, 차강사르 명절에 차리는 상은 조상에 올리는 진상의 의미를가진다.

그녀가 말했다.

"한국사람들은 조상의 묘를 찾는가 봐요. 아름다운 풍습이예요."

그들은 나란히 말을 타고 어머니묘소를 찾았다. 그곳에 음식물을 올리고 묘지주변에 수태채도 뿌렸다. 그리고 모두 업드려 절을 하며 진상을 올렸다.

"고마워요. 당신은 어머님을 잊지않고 계셨군요."

"조상을 잊어서는 안돼요."

캠프로 다시 돌아와 세부적인 탐사일정을 세운 그는 일차 율린암 절벽을 타고 아르갈리산양들의 서식지 바위절벽 주변과, 고대 어워의 추정지역으로 탐색을 하기로 했다.

그녀가 말했다.

"생활할 수 있는 게르살림은 거반 정리되었어요. 나는 자야와 남은 일을 해야하니까 내일부터 솔롱고와 더르쯔를 데리고 탐사에 임하세요. 동굴위치가 발견되면 저는 그때부터 합류할게요."

"의심되는 아르갈리산양들의 서식처가 발견되면 카메라 설치를 하고 올텐데 며칠 걸릴 거예요."

"네, 당신 계획은 늘 철저하니까 뜻대로 하세요."

그녀는 매사 그의 의견을 존중했다. 그리고 언제나 그의 의견에 따라 행동했다. 자신의 주장을 내세우는 법이 없었다. 그만큼 믿고 사랑했다. 돌이켜보면 가슴 절절하게 그를 그리워했던 파장이 아직도 그녀의 봉지가슴에 자리 잡고 있었다. 꺼질 줄 모르고 살아 남아있는 그녀의 가슴 속 절절한 사랑은 바꾸어보면 그에게는 천만금의 위력과 팔만사천 무게의 원동력이 되고도 남았다.

다음날 이른아침, 양우리에 메어둔 세필의 말안장을 올리고 낙타등에 장비를 싣고 비로소 장도(長道)의 탐사길을 떠났다. 먹이를 낚아챈 몸집 큰 독수리가 늑대새끼 한마리를 억센 발톱으로 움켜잡고 어디론가 날아가고 있었다.

회색구름으로 뒤덮인 황갈색바위투성이 산봉너머로 무쇠를 녹일 듯 붉은 태양이 구름을 증발시키며 떠오르고, 그들의 말그림자가 가는길 앞에 먼저 나섰다. 솔롱고는 아버지가 탐구하는 조상의 얼을 찾는 이 모든 일이 얼마나 가슴 벅찬지 몰랐다.

솔롱고가 말했다.

"아버님, 아버님이 평생가지신 뜻이 이번에 모두 이루어졌으면 좋겠어요. 아버님 뜻은 어머님 뜻이기도 하잖아요. 저는 이 모든 것이 자랑스러워요. 아버님."

"오냐. 아들아, 조상의 역사가 새겨진 동굴을 찾는 것은 무엇보다도 내가 너에게 물려주고 싶은 유산이기도 한만큼 그것을 명심해라."

"아버님. 유산이라니요. 오래오래 사셔야 해요."
"오냐, 가는 길이 멀다. 달리자꾸나."

말등자를 내리치며 그가 앞서 달렸다. 더르쯔와 솔롱고
가 뒤따라 달렸다.

3

산양들의 서식처

캠프를 떠난뒤 율린암 바위절벽에서 고대 어워의 흔적을 찾아 강행군을 했다. 그 어워는 14세기 척트타이츠 조상이 바위굴을 들어갈 때마다 탱게르 신에게 기원했던 어워이기 때문에 율린암 바위절벽과 어워의 사이에 아르갈리산양들의 동굴이 가깝게 있을 것이라는 추산이 섰기 때문이다. 해가지면 텐트를 치고 노숙을 했다. 다시 일어나 말 잔등에 바랑을 걸치고 하룻 동안을 이동한 끝에 바위절벽그림자가 길게 뻗어있는 대지에서 일행은 발걸음을 멈췄다. 험준한 산맥이다.

말발굽소리에 도망치는 산양무리들이 가장 많이 눈에 띠는 곳이다. 예민한 청각을 가진 산양들은 자그만 소리에도 무리전체가 한방향으로 몸을 피한다. 더르쯔가 산양들을 바라보며 말했다.

"여기가 아르갈리산양들이 가장 많이 서식하는 곳이죠. 그만큼 먹이를 찾는 늑대나 눈 표범 출현이 많지요."

바위절벽 그늘 속에 구릉면적만큼이나 높게 쌓여있는 돌

무더기가 보이자 그가 빠르게 그곳으로 오르는 것은 '율린 암절벽 – 어워 – 동굴'로 이어지는 구도가 형성되기 때문이다. 그 돌무더기 구릉은 장구한 세월 홍고린엘스에서 날려온 모래와 돌이 뒤섞여 언뜻 보면 일반적인 구릉처럼 보였다. 그는 세차게 말을 몰아 구릉봉우리로 올라섰다.

온통 쌓인 돌무더기 봉우리 돌들이 둥근모양으로 쌓여 있는 중심부는 분명 하닥을 걸치는 기둥자리다.

또 말발굽소리에 도망치는 산양무리들이 가장 많이 눈에 띄는 곳이다. 예민한 청각을 가진 산양들은 자그만 소리에도 무리전체가 한 방향으로 움직이며 몸을 피한다. 뒤따라 도착한 더르쯔가 말머리를 돌리며 구릉봉우리에 서 있는 그에게 말했다.

"여기서부터 이어지는 골깊은 절벽지대는 아르갈리산양들이 가장 많이 서식하는 곳이예요."

지는 태양을 등진 바위벼랑에 붙어있는 산양들이 여기저기 움직였다. 90도 벼랑에 도저히 사람이 오를 수 없는 깍아지른 절벽은 산양들이 늑대나 눈 표범으로부터 몸을 보호하는데 더이상의 자구책이 없다. 가상의 동굴을 그곳에 빗대어 보아도 동굴이 있을 리 만무한 절벽이다.

하지만 오감이 발동하는 것은 지금 그가 밟고 있는 돌무더기구릉은 분명 고대 어워의 흔적으로 여겨지기 때문으로 그곳에 붉은 깃발을 세웠다. 솔롱고가 말을 몰고 능선위로 올라오자 말에서 내린 그가 말했다 .

"아들아, 이 구릉을 잘 살펴라. 온통 쌓여있는 돌무더기에 사막에서 날려온 모래가 수세기 동안 쌓여 돌 틈 속에 박혀있는 것을 보면 전체가 능선으로 보이지만 틀림없는 방대한 어워가 있던 자리다"

"네, 아버지."

"네, 어머니 척트타이츠 조상은 아르갈리산양동굴을 들어갈 때는 가는 길 어워에서 공물을 올리고 텡게르 신에게 기원을 올리고 동굴에 들어갔다고 했다. 여기 중심부를 보면 둥글게 쌓여있는 돌 벽은 분명 어워의 지주를 세웠던 흔적이다. 이게 사실이라면 좀더 벼랑을 타고 깊이 들어가야만 동굴이 있는 절벽이 있을 것이다."

"네, 아버지의 계산이 틀림없는 것 같아요."

"오늘 여기에서 유숙을 하고 내일아침 다시 보자꾸나."

이틀째 되는 아침, 솟아오르는 태양에 어둑발이 증발되고 절벽이곳저곳에서 산양들이 눈에 띄기 시작했다.

마치 그들만의 언어로 약속을 한 것처럼 산양들은 한곳으로 무리 짓는다. 무리들은 눈 표범이나 아니면 늑대를 보았는지 빠르게 움직였다. 일시에 사라지는 산양무리들의 행동을 관찰하며 그가 쌍안경으로 본 것은 산양들이 도망칠 때와 안전이 확보되어 다시 나타날 때의 개체 수다. 며칠을 노숙하며 관찰해 보지만 육안으로 특정 짓기는 어렵다.

솔롱고는 탐사초기부터 매일매일 일기처럼 기록하는 것을 잊지 않았다. 아버지의 일거수일투족 모든 탐사장면을 카메라에 담았다. 이 과정의 전모를 후일 가문의 기념비적 자료로 남기는 것은 물론, 발견하게 될 동굴바위그림의 빛나는 조상의 유적을 기록물로 남겨두고, 이 모든 것을 근거로 부모의 뜻에 따라 인류에 알리는데 일조할 것이다.

또 그것을 조상의 역사적 기록부터 전설의 동굴, 바위그림을 찾기까지의 과정을 학술적으로 소명하고자 했다.

그것은 가문의 일이기도 했지만 어머니가 밝히고자 하는 뜻이기도 했고 아버지로부터 이어받는 찬란한 유산이 될 것이다.

잠에서 깬 솔롱고가 텐트 속에서 나왔을 때 일찍 일어난 그는 쌍안경으로 절벽으로 나타난 산양들을 관찰하고 있었다. 그가 말했다.

"방대한 저 절벽은 가장 의심되는 곳이다. 사람이 보이니까 산양들이 자리를 피하는구나. 이곳에 동영상카메라를 설치해두고 다시 오자꾸나."

커다란 바위앞에 보호천막을 치고 거치대를 안전하게 세운 솔롱고가 동영상카메라를 장착했다. 캠프로 돌아온 솔롱고는 노트북을 열고 기록해온 자료들을 정리했다.

1차 탐사

1일 째
06:00 시 캠프 출발
기후 : 하늘이 맑고 뜨거운 햇볕, 기온 38도. 밤기온 영하 9도. 14세기 영혼들의 군영 돌무덤으로 출발. 다시 율린암 절벽으로 이동, 텐트 치고 1박.

2일 째
기후 : 뜨거운 햇볕. 기온 40도 밤기온 영하 11도
아르갈리산양들의 서식처 바위벼랑을 타고 14세기 어워의 흔적이 남아있을 것으로 추정되는 방향으로 이동.

3일 째

기후 : 뜨거운 햇볕, 기온 38도 밤기온 영하 9도

아버지의 오감이 작용하는 절벽에서 아르갈리산양 동태 관찰. 동영상카메라 설치. 캠프로 귀가.

이렇게 솔롱고는 내용을 간추려 기술하고 세세한 내용들은 따로 기록하여 노트북에 저장했다.

엥흐자르갈이 물었다.

"어땠어요? 가능성이 있든가요?"

"의심되는 장소에 고성능 동영상카메라를 설치해두고 왔으니까 결과가 있기를 바래야지요."

"참, 그리고 솔롱고와 자야 문제를 당신과 의논해야 하겠어요. 이 문제는 당신결정이 중요해요. 그간 자야가 하는걸 보면 꼭 형제처럼 지내는데 이번에 며칠 데리고 있으면서 살펴본 자야는 솔롱고 아내로서 충분한 것 같아요. 어릴 적부터 당신이 데리고 계셨으니까 당신이 자야를 더 잘 아실거예요. 그리고 자녀의 결혼에 대한 결정은 부모의 권한이예요. 그러니까 아이들도 당연하게 생각하고 있을거예요."

"자야는 기르다시피 해서 그저 딸처럼 여겨져요. 어릴 적부터 내 그늘 속에서 둘이 붙어살았는데 무슨말이 더 필요해요. 당연히 혼례를 올려 줄 일만 남았지요."

"당신 뜻은 당연하게 정해져 있었군요. 그럼 애들에게도 미리 말을 해두고 이번 탐사를 끝내고서 내년 봄에 결혼을 시켰으면 좋겠어요."

이렇게 솔롱고와 자야는 성년의 나이가 되었다. 둘은 그의 그늘에서 남이 아닌 형제처럼 커왔다. 자야의 부모 또한 고용한 목동이 아니라 가족처럼 목축일을 해왔다.

해마다 가축수를 늘였고 모범사육으로 매년 훈장을 받는 것도 자야 부모가 아니면 어림없는 일이었다. 때문에 자야를 솔롱고와 묶어 학교를 보내는 일에도 추호의 이견이 없었다. 솔롱고와 자야에게 이제 부모의 뜻을 밝혀주는 것도 새삼스러운 것은 아니다. 오히려 둘의 관계를 확실하게 해두자는 것이다. 또 그간의 행동을 보면 이러한 전제성이 둘에게는 능히 잠재되어있었다.

4

또 다른 전설

"현장에 언제 가실거예요?"

엥흐자르갈이 묻는다.

"내일 새벽에……."

"그럼, 내일은 솔롱고만 데리고 다녀오세요. 아이들 결혼문제로 자야 부모하고 말씀 좀 나누어야 할까 봐요. 당신은 솔롱고 의중을 한번 더 떠보시고 다녀오시면 말씀해 줘요."

동쪽하늘 회색구름 가장귀가 떠오르는 태양에 잔불이 남은 재처럼 보였다. 동영상카메라에 아르갈리산양서식처 동굴이 담겨있기를 바라면서 그와 솔롱고가 새벽길을 나섰다.

만약 허사라면 새로운 칩을 교환할 참이다. 잔불이 남은 재처럼 보이던 구름이 떠오르는 태양에 모두 타오르고 태양이 중천으로 떠오르면서 더위가 시작되었다. 모래섞인 반사막대지 구르반사이항 대기는 건조하다. 태양은 그만큼 더 뜨겁다. 고갈증이 쉽게 일어났고 인구밀도가 적은 만큼 유목민을 보기란 어렵다.

유목민들은 풀이 많은 곳을 찾아갔기 때문에 초원은 한량하기 그지 없다. 눈에 보이는 것은 삭막한 대지와 사막이 시작되는 모래 턱, 밸트처럼 끝없이 이어진 황갈색바위산맥, 사시사철 눈이 녹지 않는 아슥히 보이는 산봉, 그리고 드푸른 하늘을 가로지르는 독수리뿐이다.

솔롱고는 자라면서 어머니로부터 조상의 내력을 들었지만 어머니 곁을 일찍 떠났기 때문에 세세히 들을 기회는 없었다. 피상적으로만 들었을 뿐이다. 그것이 언제나 궁금한 솔롱고가 물었다.

"아버님, 어머님 조상이야기에 궁금한 것이 많아요. 증조할아버지에게 들으신 이야기를 아시는대로 말씀해 주세요."

"그래? 대체 자세히 들을 기회가 없었겠구나. 아버지가 아는대로 말해주마."

"네, 아버님."

말고삐를 당기며 그가 말했다.

"구르반사이항은 태고몽골 15개 부족 중 할하부족의 땅이었다. 선사시대부터 할하부족의 터전이었고 지금 캠프를 친 주변일대 넓은 대지는 어머니조상들의 군영이 세워진 병책의 대지였다."

"네."

"당대에, 어머니의 조상들이 대를 이어 할하부족 족장을 지냈고 두드러지게 후손들이 알고 있는 족장이던 척트라는 이름을 가진 조상이, 지금 찾으려는 아르갈리산양동굴에 부호와 암각화를 새겼다. 그 다음조상인 두 아들을 동굴로 데려가 보여주고 암벽에 기호와 그림을 새기는 방법을 전수시켰다. 그리고 장손과 유목민병사들을 이끌고 칭기즈 칸 통일전쟁터로 달려갔다. 척트조상은 몽골통일을 이룰 때까지 눈부신 전과를 올렸는데 유럽원정전쟁에서 명예롭게 전사하고 칭기즈 칸은 영웅칭호를 내렸다. 지금 쓰는 바타르라는 영웅 뜻을 당시 내려쓰는 구문자 비칙그에서는 타이츠라고 했다. 그때부터 척트영웅(척트타이츠)으로 불리게 된거지, 네 어머니가 '척트타이츠 벌드호약 엥흐자르갈'이라고 이름을 쓰는 것은 그만큼 자랑스러운 조상을 두었기 때문에 맨 앞에 성으로 붙여 그렇게 쓰는 것이다."

"네, 아버님. 그럼 어머님 본이름 앞에 벌드호약은 저의 할아버지이름인가요?"

"그렇지, 본래 몽골은 아버지의 이름을 성으로 붙여 쓴다. 어머니가 원조상인 척트타이츠 이름까지 붙여 쓰는 것은 위대한 조상이 있다는 것을 말하고 싶은 거지."

"네, 어머님조상내력이 자랑스러워요."

"자랑스럽고 말고. 그래서 어머니가 척트타이츠를 네이

름 맨 앞에 붙여 오르깅부르트겔[1])에 올렸지 않았느냐. 그
래서 이름의 뜻을 아는 사람은 절대 너를 무시하지 못한다.
공직사회에서는 더욱 알아주는 이름이지.”

“네, 그렇게 이름을 해주신 어머님이 고마워요. 원조상
께서 지금 아버님이 찾는 동굴암각화전설 외에 또 다른 전
설은 없나요?”

“있고 말고. 그걸 이야기해주마. 나 혼자 조부에게 들었
으니까 이 이야기는 너의 엄마는 모를게다. 할하부족 전쟁
이야기 중 올랑쇠고(улаан шугуй/붉은 숲)와 이츠덱 터어이(гүй
цлэг тохой/쫓아간 강가)라고 전해오는 비사가 있다.”

“네.”

“척트타이츠 원조상은 당시 직치드 족장의 아들로 젊은
장군으로 용맹했던 이야기다.”

“네.”

“더웁구나. 잠깐 쉬면서 말하자꾸나.”

말에서 내린 그가 나무그늘 밑에 자리를 잡고 앉자 솔롱
고가 내미는 후흐르[2])주둥이에서 물을 따라 벌컥벌컥 마시
고 땀을 닦았다.

---

1) 오르깅부르트겔/ургийн бүртгэл : 호적

2) 후흐르/хөхр : 가죽부대

멀리 모래 턱 위에 한 줄로 이동하는 낙타들의 긴 그림자가 피아노건반처럼 경사진 모래능선 아래로 길게 뻗어내렸다.

할하부족 가문의 내력이 늘 궁금한 솔롱고는 오늘 아버지로부터 또 하나의 전설을 듣는다. 아지랑이처럼 피어오르는 뜨거운 지열 속에 그가 이야기를 이어갔다. 틈이 날 때마다 생전 그녀의 조부가 들려준 이야기의 조각들을 그는 병렬하기 시작했다.

*

붉은 달,

오늘따라 밤하늘 보름달빛을 난생처음 보는 것처럼 척트 장군에게는 새롭게 느껴졌다. 보이르달라이(바다)같은 넓은 초원에 가득 펼쳐진 보름달빛 속에 흐르는 은빛 실을 그는 바라보며 서 있다. 달빛에 비친 호숫가 수면이 수많은 말떼의 잔등처럼 기울다가 휘돌아 솟구치는 파도 같았다. 보름달빛이 밝게 비친 수면이 출렁이는 모습은 호숫가에서 잔치를 벌린 유목민들의 춤과 노랫소리에 흥분된 까닭일 것이다. 우유를 끓일 때 굳게 서리는 초벌 어럼처럼 노란초원이 북남쪽에서부터 밤하늘아래 아득히 펼쳐있고, 유목민들의 잔치는 한참 무르익어가고 있었다.

달빛서린 밤하늘 대기로 몽골전통노래 오르팅연주소리가 흐르고, 술깨나 걸친 유목민들의 거나한 노랫소리가 흥겹게 들린다. 머링호오르(馬頭琴) 멜로디와 오르팅화음에 초원 풀섶들도 덩달아 춤을 추며 들썩였다.

"아- 좋구나. 우리고향 구르반사이항 초원이여!"

유목민들은 고향을 찬양하며 노래를 부르고 춤을 추며 밤이 가는 줄을 모른다.

척트장군이 마디숨을 길게 토했다. 그는 마음속 깊게 담겨있는 약혼녀 촐로앙을 기다리고 있었다. 이름난 영웅의 외동딸인 그녀는 유목민여인들 중에서 아름답기로 정평이 나있었다. 아버지만큼이나 똑똑하고 매우 아름다운 여인이었다. 어릴 적 죽마고우 울지부랭이 밤길에 그녀를 호위하여 데려오기로 되어있었으므로 그녀를 기다리며 밤하늘을 바라보던 그는 문득 중얼거렸다.

"가을 중간달빛이 아름답구나. 촐로앙이 올 때가 지났는데……."

그러면서 마음을 추스리는데, 갑작스런 창검소리가 여지없이 달빛 속에 흐르는 은빛 실을 잘랐다.

순간, 칼집에서 빼든 반달 검을 틀어쥔 그는 말끈을 풀고 몸을 잔뜩 숙이고 주변을 살폈다. 호숫가 갈대숲머리가 세찬 바람에 파도를 일으켰다. 멈췄던 창검소리가 다시 들려오고, 다급하게 내지르는 촐로앙의 비명, 그리고 말발굽소리가 지척을 울렸다. 척트장군은 소리가 들려오는 북쪽 갈대숲으로 세차게 말을 몰았다. 고삐 풀린 말한 마리가 어둠 속 갈대숲에서도 선명하게 보였다.

"버를럭! 버를럭!"

(말의이름)

자신의 말에서 뛰어내리며 척트장군이 소리쳤다. 척트장군을 본 자신의 여인 촐로앙의 말(馬) 버를럭이 제자리에서 빙빙돌며 '부르르- 부르르-'거푸거푸 투레질을 하면서 위험을 알려줬다. 갈대숲에서는 절친한 친구 울지부랭의 신음소리가 들렸다.

"울지부랭! 울지부랭!"

그를 부르며 척트장군은 갈숲을 헤치며 소리나는 쪽으로 빠르게 뛰어갔다. 다급하게 척트장군을 부르는 외마디소리가 들렸다. 이내 그를 찾았다.

어릴 적 부터 같이 자란 벗이었던 울지부랭이 갈대숲에 피를 흘리고 쓰러져있었다.

놀란 척트장군이 그를 일으켜 안고 물었다.

"울지부랭! 어떻게 된거야!"

"척트! 빨리 뒤쫓아라. 타타르부족이다. 습격을 받았다. 나의 젭트홀 말에 촐로앙을 태우고 도망쳤다. 빨리 뒤쫓아라."

숨이 넘어갈 듯 소리를 지르더니 그는 일어서지 못하고 몸이 늘어지며 숨을 거두고 말았다. 육신을 이탈한 그의 영혼이 연기처럼 하늘로 올라갔다.

"동무여! 동무여!"

죽마고우를 잃은 그는 연기처럼 허공으로 사라지는 친구의 영혼을 바라보며 소리치며 울었다. 그리고 이내,

"당장, 뒤쫓아가 울지부랭의 주검을 복수하고, 약탈된 나의 여인 촐로앙을 구하리라."

하며 이를 갈았다.

그는 몸을 납짝 업드렸다. 그리고 귀를 땅에 붙이고 대지가 우는소리를 들었다. 말발굽소리가 북쪽방향에서 흐릿하게 울렸다. 그렇게 타타르부족들의 도주방향을 잡은 그는 유목민마을을 향해 바람처럼 달려갔다.

보름달밤의 큰잔치는 계속되고 있었다.

갈대 숲에서 울지부랭이 습격을 당하고 촐로앙이 약탈된 줄도 모르는 유목민들은 풀향기 풍기는 마유주를 마시며 마두금과 오르팅을 연주하며 흥에 취해있었다. 일년 중 단 한번 가을 중간달이 뜰 때면 며칠 전부터 음식과 술을 준비하고 언제나 벌이는 할하부족 유목민들의 정해진 큰잔치다.

붉은 풀,

척트장군의 명령에 흥에 취했던 유목민들이 즉시 잔치를 멈추고 유목민병사들과 군사를 일으켰다. 그리고 활을 차고 창검을 들고 모두 말을 타고 서북쪽으로 달렸다.

달빛 속 들풀이 가득한 풀 섶에서 먹이를 본 야생호랑이처럼 할하부족 유목민병사들의 눈빛은 증오가 가득했다.

그 눈빛은 울지부랭의 복수와 약탈 당한 촐로앙에 대한 불꽃이었다. 도망치는 타타르부족들이 밝은 달빛 속에 멀리 보였다.

동쪽하늘 아래로 괴성을 지르며 맹렬히 도망치고 있었다. 다른 계절과 달리 쌀쌀한 가을기온에 말들은 빠르게 달린다.

적들의 도주방향을 인지한 척트장군은 병사들에게 명령을 내렸다. 그는 지형지세를 꿰뚫고 있었다.

"지름길로 앞질러 침묵의 버드나무숲으로 달려라. 저놈들이 도망칠 곳은 그 쪽 강 뿐이다."

침묵의 버드나무숲으로 앞질러 달려온 할하부족 군사들이 명령을 받고 모두 매복했다. 밝은 달이 조금 기울었다. 타타르부족들이 여기까지 오기에는 아주 먼 길이다. 갑옷 군장에 활을 찬 유목민병사들의 얼굴이 버드나무숲그늘에 어두워보였지만 의기와 분노에 찬 표정이다.

척트장군이 말등자로 말 복부를 내리치며 의기를 돋구었다. 그러자 백여명의 군사들이 일시에 말등자로 말을 치자 말등자 강철소리가 크게 울리고 말발굽에 흙이 튀었다.

타타르부족 족장 오강바야르는 마른체형에 노란얼굴이다. 자신의 말등에 약탈한 척트의 여인 촐로앙을 앉힌 그는 선두에서 달리고 있었다. 좌·우 두명의 보좌군사가 졸면서 뒤따라가고, 이백이 넘는 군졸들이 그 뒤를 따랐다. 할하부족 군사는 백여명, 타타르부족 군사는 이백이 넘는다. 배가 된다.

매년 가을중간달이 뜰 때면 할하부족들이 호숫가에서 큰 잔치를 벌이는 것을 알아 챈 타타르부족들이 술과 노래에 빠진 틈에 금과 보석과, 척트 장군의 여인까지 덤으로 약탈했다.

타타르부족들은 줄기차게 도망치고 있었다. 그렇게 맹렬히 도망치던 타타르부족들이 할하부족 영토경계가 가까워지자 마음이 놓였는지, 선두로 달려온 군사들이 굽이진 강가에서 모두 말에서 내렸다. 쉬어가는 것이다.

"저놈들이 강가로 내려간다."

침묵의 버드나무숲그늘에 매복한 할하부족은 보이지 않는다. 그 곳은 서쪽으로 강물이 흘러가고 남쪽으로는 드넓은 초원을 바라볼 수 있는 곳으로 짙은 잔디가 아름답게 펼쳐있다. 뒤이어 도착한 2진과 마지막 잔병들이 모두 말에서 내리는 순간이다.

"이때다. 떼화살을 퍼부어라."

강물을 끼고, 버드나무양편 숲속에서 휘파람소리로 떼화살이 퍼부어졌다.

예상치 못한 난데없는 공격에 한숨돌리던 타타르부족 군사들이 휘두른 낫에 베인 풀처럼 쓰러졌다.

재빠르게 말에 올라 도망치는 병사들은 잡복해 있던 반대편 버드나무숲에 매복한 할하부족 화살공격에 여지없이 쓰러졌다.

타타르부족 족장 오강바야르는 오래전부터 척트장군의 여인 촐로앙을 탐하고 있었다. 첨병들을 이끌고 야습하여 그녀를 약탈하려고 한두 번 침투한 것이 아니다. 하지만 번번이 뜻을 이루지 못했다. 그렇게 오래전부터 촐로앙의 아름다움에 넋이 나가있었다.

전쟁에 참패하면 응당 그 댓가가 따른다. 포박된 적장 오강바야르는 입안 가득 통가죽으로 재갈을 물고 버드나무 밑에서 발버둥을 쳤다. 거구의 할하부족 두 병사가 포박된 적장 오강바야르의 몸통에 걸터 앉아 타타르부족 군사들을 나란히 세워놓고 그가 보는 앞에서 살아있는 과녁으로 활을 쏘아 죽였다.

되찾은 자신의 여인 촐로앙을 말에 올려 태운 척트장군은 도망쳤던 타타르부족 잔병들의 공격을 받았다. 침묵의 버드나무숲 속에 창검과 반달 칼날이 부딪치는소리가 새벽어둠을 깼다. 그 전투는 날이 밝고 정오가 되어서야 타타르부족의 참패로 끝났다. 살아남은 타타르부족들은 척트장군 앞에서 모두 무릎을 꿇었다. 분노에 찬 척트장군이 통가죽재갈에 몸이 묶인 적군 족장 오강바야르 면전에서 명령을 내렸다.

"이놈들 사지를 산 채로 모두 잘라 독수리 밥이 되게하라. 부족간 화목을 저버리고 걸핏하면 우리부족을 공격하고, 나의 절친한 울지부랭의 목숨을 빼앗고, 나의 약혼녀 촐로앙까지 약탈한 네 놈들을 그냥 놔둘 줄 알았더냐."

순식간에 적들의 사지가 잘리고 침묵의 버드나무숲은 피비린내가 진동했다. 목이 떨어진 시체들이 숲을 가득 채웠고, 핏물이 강으로 흘러 붉은 강이 되었다. 강변 풀들도 핏물에 젖어 붉은 풀이 되었다. 척트장군은 오강바야르 멱살을 휘어잡고 질질 끌고 가 적들의 시신더미에 쳐박았다. 그리고 마지막 이렇게 이르고 사지를 자른 다음 꿈틀거리는 몸통의 목을 베었다.

"옛부터 우리 할하부족은 여인의 미를 자랑해왔다. 아름다운 우리부족여인들을 약탈한 부족들은 이렇게 참혹한 벌을 받을 것이다. 어느 부족이건 몽골족의 피는 거룩해야 한다."

"와-아-."

의기에 찬 할하부족 군사들이 승리의 함성을 지르며 일시에 말등자로 군마의 복부를 내리치자 말등자 강철소리가 침묵의 버드나무숲을 울렸다.

이렇게 죽마고우 울지부랭의 주검을 복수하고, 약혼녀 촐로앙을 되찾은 전쟁이야기는 대초원 유목민들과 할하부족의 전설이 되었다. 그리고 할하부족들이 타타르부족을 섬멸한 침묵의 버드나무숲을 올랑쇠고(улаан шугуй/붉은 숲)라고 부르게 되었고. 타타르부족을 뒤 쫓아간 강을 구이츠덱 터어이(гүйцд эг тохой/쫓아간 강가)라고 부르게 된지 수백년이 지났다. 자랑스러운 그 전투가 그곳 초원에서 일어났었다는 것을, 들판바람은 지금도 속삭이고 있다.

*

이렇게 선조이야기를 끝내자 솔롱고가 말했다.

"아버님. 어쩌면 어머님보다 아버님이 집안내력을 더 많이 알고 계세요."

"네, 증조부께서는 어머니가 얼른 남자를 맞이하여 집안의 대를 이어갈 아들하나 둘 생각을 하지 않고, 도시로 나가 공부만하는 것을 무척 못마땅해 했다. 아들이 아니라고 이야기를 해주지 않고 터부시한 거지. 네가 태어난 것은 어머니에게는 천만다행이었다. 아들인 네 앞으로 목축재산을 상속받았으니까. 어머니는 네 증조부가 돌아가시면 자연히 상속되는 거지만, 조부생전에 아들을 낳아 떳떳하게 상속받기를 원했다. 네 어머니 역시 할하부족의 강한 근기가 자존심으로 남아있는 거지. 그 아들이 바로 너다."

"네, 아버지."

5

동굴

탐사 3개월,

짧은 여름이 다가도록 고대어워의 흔적에서부터 장소를 옮겨가며 동영상카메라영상물을 확인하였지만, 어떤 결과물도 얻을 수 없었다. 한국의 늦가을에 속하는 8월 중순이 넘어가면서 밤기온은 급격히 내려가기 시작했다. 당연히 행동에 제약을 받을 수 밖에 없다. 다시 이동을 거듭하며 가장 험준한 바위절벽현장에 도착한 것은 해가 기울기 시작하는 때였다.

절벽너머 강한 햇살에 반대급부로 벼랑은 짙은 그늘 속에 있었다. 그늘 속 절벽에 붙어있는 산양무리들이 눈에 띈다. 거치대에서 분리한 동영상카메라를 작동하고 한참 동안 솔롱고가 화면을 바라본다.

그곳은 조부가 전해준 말처럼 아무생물도 살것 같지 않은 하늘과 맞닿은 메마른 바위산 천길 낭 떨어지 기암절벽이었다. 망원경의 상을 끌어 당기며 그는 절벽에 붙어있는 산양들의 동태를 살폈다.

 한참만에 위험을 느낀 산양들이 일사분란하게 일시에 흩어진다. 그 중 서너 마리가 같은 방향 절벽길로 쏜살같이 도망쳤다. 눈 표범 한마리가 뒤를 쫓는다. 그는 긴장했다. 그리고 일순 놀랐다. 산양들이 감쪽같이 벼랑에서 사라졌다. 아래로 떨어진 것도 아니다. 어디로 갔는지 절벽에 붙어있던 산양들은 단한마리도 눈에 띠지 않았다.
 이때 솔롱고가 말했다.
 "아버님, 이거 좀 보세요. 벼랑에 붙어있던 산양들이 감쪽같이 화면에서 사라졌어요. 며칠동안이나 같은 장소 어디론가 산양들이 들어가는 것 같아요."
 조금전 육안으로 관찰했던 장면이 동영상카메라 칩에 떠졌다. 그는 조부가 전해준 말씀 중 지금의 장면을 증명할 만한 내용을 상기해 냈다. 조부은 이렇게 말했었다.

 – 산양들이 깎아지른 절벽도 넘어 다니는 길을 잘 알고 있는 척트는 깍아지른 바위산을 기어올라 산양들이 들어갈 수 있는 좁은 동굴 속으로 거구의 몸을 구겨 넣었다.
 뒤따라 들어간 뭉흐토야와 엥흐아랄이 놀란 표정을 지었다. 안으로 들어간 굴속은 몸을 곧추세워도 될 만큼 높고 넓은 바위동굴이었다. 입구는 단 몇 발짝 거리에서도 동굴처럼 보이지 않는 어두운 바위그늘로만 보여지는 곳으로 아르갈리산양들의 은신처이며 서식처였다. -

이와 같은 내용 중,

– 단 몇발짝 거리에서도 동굴처럼 보이지 않는 어두운 바위그늘로만 보여지는 곳-

바로 이점이었다. 산양을 쫓던 눈 표범은 한참동안 어슬렁거리더니 자취를 감췄다. 다시 카메라를 설치하고 집으로 돌아오자 솔롱고는 노트북에 칩을 탑재 했다.

이 장면을 얻을 때까지 수차례나 위치와 장소를 바꿨다. 확신이 될만한 장면들이 탑재되자 장비를 거둔 그들은 캠프로 돌아왔다. 솔롱고는 느린 화면으로 영상에 집중했다.

"눈 표범에게 쫓기던 산양들이 사라진 곳이 나오면 그 장면을 멈추고 확대해라."

그는 이렇게 이르고 자신의 캠프로 건너갔다.

"네, 아버지."

엥흐자르갈이 우물 속에 매달아놓았던 가죽부대에 담긴

시원한 타라끄보따[1]) 한 사발을 가져와 내밀면서 묻는다.

"뭐가, 좀 보였어요?"

목이 마른 그는 타라끄보따를 단숨에 마시고 말했다.

"조부님말씀 따라 그 장소가 촬영된 영상을 솔롱고가 확인하고 있어요."

"그래요? 어떻게요?"

"그곳이 맞다면, 척트조상은 어떻게 그 가파른 벼랑동굴을 들어갔는지, 수수께끼로 남아요."

"정말인가요?"

"그래요."

"참, 그리고 솔롱고에게 자야와 혼례 올리자는 말씀 해보셨어요.?"

"오는 길에 의중을 떠봤어요."

"뭐라든가요?"

"이미 부모마음도 저와 같을 거라고 생각하고 있었어요. 혼례를 치뤄줍시다."

그러자 엥흐자르갈은 기쁜 표정이 아니라 금새 눈물을 글썽이며 말했다.

"고마워요. 솔롱고가 그토록 아빠를 그리며 컷는데, 이제 당신 앞에서 혼례를 올린다는 것을 생각하니 눈물이

---

1)타라끄보따/Тараг Будаа : 야구르트에 쌀을 넣어 끓인 음식.

나요.”

“이런, 당연한 일에 울다니.”

엥흐자르갈을 그는 품에 안았다.

“아버님, 이거 좀 보세요.”

솔롱고가 컬러프린 팅 된 이미지자료를 가지고 들어오며
말했다. 솔롱고가 내미는 여러장의 파노라마 컬러이미지
를 본 그는 경이의 표정으로 크게 눈을 떴다. 어쩌면 반평
생 버둥대던 일이 이것 하나로 귀결되고 있었다. 육안으로는
식별이 불가능한 절벽 돌 틈 바위굴 속으로 산양들이 들어
가는 장면이 확대된 화면에 선명하게 담겨있었다.

13세기부터 할하부족 그녀의 조상들이 기록해 놓은 대
륙 속에 숨어있던 전설의 바위그림들이 이제 인류에 알려
질 것이다. 흥분된 그는 엥흐자르갈과 솔롱고를 앉혀 놓고
조상의 역사를 이렇게 말했다.

“동굴 속 마지막 기록자는 척트타이츠 조상의 장손 뭉흐
토야 조상이다. 뭉흐토야 조상은 칭기즈 칸의 기마군대를
이끌면서 몽골통일전쟁에서 부친 척트타이츠와 혁혁한 전
공을 세웠다. 유럽원정에서 척트조상은 전사하고, 칭기즈
칸으로부터 영웅(타이츠)칭호를 받았다. 평생동안을 척트

타이츠 조상과 생사를 넘나드는 전장 터에서 함께 했던 검은 군마(軍馬)는 주인을 잃게 되자 슬픔에 젖어 곡기를 끊고 주검을 택했다. 그리고 칭기즈 칸으로부터 300마리의 말과 전리품을 받아 구르반사이항 고향으로 돌아온 뭉흐토야 조상은 동굴 암벽에 척트 조상을 새겼다. 마지막 돌 그림에 척트타이츠 손에 쥐어진 반달칼을 새긴 날, 눈 쌓인 굴밖에서 아버지의 죽은 애마, 흑마의 울름소리를 들었다. 평소 아버지 척트타이츠 조상이 아끼던 흑마의 울음소리에 넋이 나간 뭉흐토야 조상은, 굴 밖으로 나와 흑마를 찾지만 보이지 않고, 설원 속 흑마가 울부짖는 소리를 쫓다가 율린암 바위절벽 아래에서 동사하게 된다. 이 기록적인 이야기는 조부께서 유산처럼 말씀해 주셨다."

상기된 표정의 그녀는 솔롱고도 아랑곳없이 그의 품에 안겨 머루눈빛으로 올려다 보며 감탄했다.

"아-! 여보, 조부님께서는 나보다 당신에게 모든 것을 더 많이 말씀해 주신 걸 보면, 조부님은 당신이 우리가족이 된다는 것을 예측하셨나 봐요."

그러면서 그의 품속을 나와 솔롱고를 어린아기처럼 안으며 말했다.

"어쩌냐! 솔롱고, 아버지가 자랑스럽지 않느냐!"

"네, 어머님도, 아버님도, 저에겐 두 분 모두 자랑스러워요."

"오냐. 내아들, 네가 그토록 애잦게 기다리던 아버지의 모습이 바로 이거란다."

하며 감탄을 쏟아냈다.

탐사 4개월,

9월로 접어들자마자 고비에 첫눈이 내렸다. 세찬 바람에 쌓인 눈발이 대지를 휩쓸었다. 일찍 찾아든 겨울이다.

이변의 계절이다. 겨울이 닥치자 엥흐자르갈은 목동반장 더르쯔를 바트얼지 목초지로 보냈다. 동굴위치가 확인되자 그는 동굴 속으로 서둘러 들어갈 계획을 세웠다. 이점을 가지고 그녀는 만류했다.

"동굴위치는 확인되었잖아요. 내년 봄까지 기다렸다가 하세요. 추위가 닥치잖아요."

하지만 그의 생각과 고집은 달랐다. 당장 동굴 속으로 들어가고 싶었다.

6

솔롱고의 혼례

목영지로 떠난 목동반장 더르쯔가 가축들과 목동들을 이끌고 구르반사이항으로 돌아오고, 겨울목축준비가 끝나자 갑자기 그는 솔롱고의 혼례문제를 꺼내었다. 이점을 가지고 엥흐자르갈은 부정적으로 말했다.

"왜, 하필 동굴탐사를 하시다가 갑자기 아이들 혼례를 치루자고 하시는 거예요? 겨울이 닥쳤는데 내년 봄에 혼례를 올려도 되잖아요. 여보!"

"아들혼례를 얼른 보고 싶구료. 다자란 아이들을 마냥 놓아둘 수는 없어요. 해를 넘기지 말고 자야 부모에게 예포(禮布)를 보내 서둘러 혼례를 치릅시다."

"네, 알았어요. 당신마음이 정 그러시니 어쩌겠어요!"

동굴탐사 중에, 더구나 겨울추위가 닥친 대다가 그토록 동굴을 속히 들어가고 싶어하더니 갑자기 아이들 혼례를 서두는 것이 이상하게 느껴졌다. 하지만 그녀는 그의 뜻을 언제나 거역하지 않았다. 그녀는 솔롱고의 혼례를 염두에 두고 그간 준비해두었던 고급비단예포를 솔롱고의 사주

(四柱)와 정성스럽게 함에 넣어 목동하나를 불러 깨끗한 예복으로 갈아 입게 하고 자야의 집으로 보냈다. 자야 가족의 집은 크고 화려한 게르였다. 늦게나마 목동반장품위에 맞게 마련해준 것으로 목동사회에서 계급을 말한다.

과거 부족전쟁이 일어나면 목동반장은 당연히 유목민병사를 이끄는 지휘자가 되었다. 그리고 목동반장은 다른 목동들과 같은 게르에서 생활하지 않는다. 목동사회의 규율은 태고부터 엄격하다.

예포는 되돌아오지 않았다. 자야의 부모는 당연하게 받아들였다. 이렇게 솔롱고와 자야의 혼례는 양가부모에게 공식화되고 표면화되었다. 자야가 시집을 가게 되자 자야의 어머니는 전통으로 이어오는 좋은 아내의 특징, 착한 딸의 특징, 그리고 아내의 9가지 본령과, 8가지 금기내용을 며칠 동안 자야에게 가르쳤다.

아내의 9가지 본령은,

정결한 외모
재주 있는 말솜씨
자식을 향한 자애로움
단정한 몸가짐

남편에게 의지되는 아내
시부모에게 다정다감한 며느리
웃 어른께 복이 되는 며느리
다른 사람에게는 덕이 되는 며느리
잔치자리에서 노래를 잘 부르는 며느리.

그리고 아내가 해야 할 일로,

몸가짐을 항상 조신하게 하고,
지식을 익히고 바느질에 힘쓰며
여성의 네가지 미관인 머리, 얼굴, 손, 발은 항상 정갈 하게 한다.
음식과 차를 깨끗하게 준비하고, 의복을 잘 빨고 손질한다.
입고 장식하는 것이 세련됨은 좋으나 지식이 부족해서는 안된다.
많은 사람들에게 친절하고 선한 태도를 보인다.
험당이나 음란한 말을 하지 않는다.
부모를 봉양하고 존중한다.
분이 나면 참으며, 이웃과는 사이좋게 지낸다.
호색적인 남자와 아첨하는 여자를 멀리한다.
이생에서 만난 남편을 소중한 인연으로 여기고
다정하게 남편을 대하며 존중한다.
남편이 그릇되게 행동하면 합리적으로 설득한다.

이와 같은 내용이다. 혼례식은 전통의식에 따라 자야의 아버지는 구르반사이항을 겨울목축지로 돌아오는 이웃 유목민들이 자리를 잡은 후에 혼례 길일을 택했다.

혼례일이 되자 주변 유목민들이 하객으로 신랑신부에게 주는 선물을 가지고 왔고, 기별을 받은 친가인 에르데느테믈랭 가족과 외가인 호통트 외삼촌내외 가족들이 따로 마련한 게르에 머물렀다. 외숙부는 그의 어깨를 토닥거리며 말했다.

"이렇게 솔롱고를 훌륭하게 키워서 장가를 보내는 걸 보니 기쁘구나."

그리고 솔롱고에게는,

"솔롱고, 좋은 아빠를 두었다."

그러면서 옛생각에 젖었다.

토올치들이 에르버르하르차가2)를 종일토록 연주했다.

솔롱고와 자야의 혼례식은 구르반사이항의 큰 경사며 잔치다. 자야의 어머니는 그가 엥흐자르갈과 혼례를 올릴 때처럼, 언제 준비해뒀는지 손수 바느질로 지은 신랑의 속옷과 화려한 비단 델과 특별한 경사에 머리에 쓰는 터어륵척 말가이를 보냈다.

---

2)에르버르하르차가/ Эр бор харцага : 경사 때 부르는 몽골전통노래 이름

"자, 솔롱고. 자야어머니가 보내준 예복을 입고 활을 차고 신부집으로 가자꾸나."

할하부족 예복으로 엥흐자르갈 부부가 말을 타고 활을 찬 솔롱고를 데리고 자야 부모의 집으로 향했다. 유목민하객들이 뒤따르고 토올치들이 토올을 부르며 앞서 갔다.

이곳저곳 줄에 매달린 오방색 하닥자락이 만국기처럼 바람에 펄럭인다. 집안경사에 꽃 단장된 목동반장 더르쯔의 게르에 도착하자 새옷으로 단장한 신부아버지 더르쯔와 어머니가 목례로 반기며 다가와 안전하게 내리도록 말머리고삐를 잡아준다.

"자, 솔롱고. 동쪽으로 활을 쏘아라."

목동들이 마련한 활터에서 솔롱고가 몇개의 화살을 동쪽으로 날렸다. 하객들이 환호했다. 그리고 곧 자야의 아버지 더르쯔는 신랑 측 부모와 하객들을 혼례를 위해 따로 세운 커다란 게르 안으로 맞아들이고 엥흐자르갈 부부에게 중앙상석자리를 권했다.

그리고 최고의 손님을 맞이하는 의식으로 양손에 푸른하닥을 펴들고 가볍게 목례를 한다음 바른 손에 술이 가득 담긴 은잔을 권했다. 이어 신랑 솔롱고에게도 은잔의 술을 따라 사위로 맞이하는 의식을 치렀다.

일련의 이 과정은 당초 엥흐자르갈과 그가 혼례를 치루던 형식과 같았다. 솔롱고가 은잔의 술을 단숨에 마셨다. 이 술은 한번에 마신다. 마귀를 쫓는 빨간 연지곤지를 양 볼에 바른 꽃 단장 신부 자야가 그가 내민 은잔의 술을 비웠다. 그리고 신랑아버지로서 그는 둘을 세워놓고 신랑신부에게 혼례축시를 한참 동안 올렸다.

이 세상에 태어나
평화로운 만남을 갖고
귀한 인간의 육신을 얻어
세상에서 지켜주신
은혜로운 부모님께서
갓 태어난 사랑스런 몸을
부드러운 포대기로
정성스레 감싸 주셨네

– 이하 생략–

토올치들이 연주하는 음악 속에 긴 축사가 이어지는 동안 아빠를 그리며 자란 솔롱고의 어린 시절이 자꾸 떠오른 엥흐자르갈이 눈시울을 붉혔다. 눈에 보이지 않는 아버지를 그리워하며 어워만 보면 그곳으로 달려가, 아빠를 만

나게 해달라고 텡게르 신에게 빌고 또 빌며 자란 솔롱고
가 아버지의 혼례축원을 받게 되자 가슴이 북받혀 오른다.
눈시울을 닦으며 그녀는 화려한 의자에 자야를 앉히고 후
레모자를 벗긴다음 양갈래로 머리를 타고 뒤로 묶어 부인
이 되었다는 의례를 치렀다. 그리고 시어머니의 선물로 손
수 만든 옥빛이 반짝이는 화려한 털거잉거열을 머리에 씌
워주었다.

  털거잉 거열(Толгойн-гоёл)로 부르는 여인들의 머리장식은,
모자, 귀걸이, 눈썹, 옥구슬, 걸쇠가 포함된다. 몽골민족의상 중
에서 가장 아름다운 조각으로 만들어졌고, 형식은 지역마다 조
금씩 다르다.

  엥흐자르갈의 신방살림을 어머니가 꾸려 주었듯 솔롱고
와 자야의 신방살림도 그녀는 크고 화려한 게르에 꾸며주
었다. 엥흐자르갈은 자신이 대목축가로 정평이 나있는 터
에 그토록 솔롱고가 애잦게 찾던 아버지가 치러주는 뜻깊
은 혼례였던 만큼, 구르반사이항 유목민들에게 며칠 동안
이나 최고의 잔치를 베풀었다.

7

찬란한 전설의 암각화

9월 초순에 첫눈이 내린 후, 10월이 되면서 강추위가 몰아쳤다. 구르반사이항 기온이 영하 40도에 붉은 수은이 방점을 찍더니 다시 급하강했다. 영하 50도 아래로 하강하면 가축들도 선 채로 얼어 죽는 무서운 한파 쪼드가 닥친다. 목동반장 더르쯔와 목동들은 소르(CYP/소나 낙타가죽 끈)를 며칠동안이나 길게 연결하고 여러겹으로 묶어 밧줄을 만들었다. 얼성샤트(.олсон шат/줄사다리)를 만드는 중이다. 줄사다리를 만들기에는 많은 소르가 필요했다. 몇겹을 감고 이어야하기 때문에 이웃 유목민들에게 모자라는 소르를 더 구해왔다. 샤트의 길이는 30m 이상이 필요하다.

1950년대 초, 양을 치던 한 목동이 우연히 발견한 홉드 아이막 만한 솜, 호이트 쳉헤린 강가의 아고이동굴벽화의 높이 60m 와 비교계산하면 10m 차이가 되는 지상 70m로 절벽봉우리에서 아래로 내려갈 수 있는 길이는 그보다 가까운 20m이므로 여유분 10m터를 계산한 길이로, 소르는 본래 야생마를 잡거나 말을 길들일 때, 말목에 걸고 잡아

다니거나 또는 장대 끝에 매달아 쓰는 올가 용으로, 주로 낙타가죽을 삶아말려 가공한 것으로 부드럽지만 아주 질긴 일종의 끈이다. 한가닥일지라도 소르가 목에 걸린 야생마가 아무리 발버둥을 쳐도 끊어지는 법이 없다.

30m 길이로 굵게 연결되자 마른자작나무를 일정한 간격에 끼워 사다리의 기능이 가능하게 만든 것은, 아르갈리산 양서식처 절벽동굴지점까지 줄사다리로 내려가야 하기 때문이다. 이 방식은 홉드아이막 만한 솜, 호이트 쳉헤린 강가의 아고이동굴벽화를 우연히 발견한 목동이 절벽봉우리에서 줄사다리로 동굴까지 내려갔던 그 방식을 차용한 것이다. 양을 치던 목동은 언제나 눈에 띄는 동굴이 궁금했고, 그 동굴로 들어가 동굴 속 바위그림들을 보고 놀란 그는 이를 세상에 알렸다.

기온은 조금도 상승하지 않았다. 영하 40도를 그대로 유지하고 있었다. 몽골의 기온은 대기가 건조하기 때문에 온도수치의 감각을 피부로 느끼지 못한다. 하지만 피부로 파고들기 때문에 자신도 모르게 웅크려 들고, 낮은 기온만큼이나 몸이 둔하고 금방 눈섶에 서릿발이 하얗게 서린다. 때문에 멋모르고 장시간 피부를 노출시키면 사단이 나고 만다. 그래서 몽골인의 의복은 소매가 길고 털모자와 가죽

고탈은 귀하게 여기는 필수품으로 아예 양털을 두두려 만
든 게르 외벽을 두르는 에스기처럼, 아주 얇게 가공한 양
털내피를 의복이나 고탈. 그리고 머리에 쓰는 모자에 필요
로 한다.

줄사다리가 만들어지자, 다섯마리의 낙타 등에 줄사다리
뭉치를 이어싣고, 목동들을 대동한 목동반장 더르쯔가
위산봉을 쉽게 오를 수 있는 벨트처럼 이어진 산맥길을 찾
아 목동들과 낙타를 끌고 길을 떠났다. 이 모든 장면은 합
류한 솔롱고의 동영상카메라에 실렸다. 생활하는 목축지와
거리가 멀었다. 길을 찾으면 사다리를 매어 놓고 일단 돌
아올 참이다. 피부로 느껴지지 않는 기온은 휴대용 온도계
의 수은이 영하 42도에서 조금도 오르지 않았다. 말에서
내린 더르쯔가 목동들에게 명령했다.
"모두 말에서 내려 모닥불을 피워라."
목동들이 주변마른나무를 모아 모닥불을 피웠다.

다섯마리의 낙타 등에 뭉친 줄사다리가 연결되어 잔뜩
실려있다. 만약 낙타한마리가 미끌어져 떨어지면 연결되
어있는 소르에 연거푸 떨어져 죽고말 것이다. 바위틈에 박
혀있는 어름결정체 가장자리가 햇볕에 반짝였다.

목동들은 가져온 덤버의 뜨거운 수태채를 마시며 모닥불 앞에서 휴식을 취했다. 그래도 복부로 파고드는 냉기가 무섭다. 보드카로 체온을 유지했다.

다시 말에 오른 그들은 낙타를 끌고 바위투성이 길을 다시 찾아 나섰다. 목동반장 더르쯔는 본래 어릴적부터 초원목동으로 자랐다. 때문에 문맹자였지만 초원생태에는 밝았다. 게르 천창으로 들어오는 빛살을 보고 풀이 자라나는 곳을 알았고, 북두칠성을 보고 초원의 풍성한 목초지를 찾아가는 귀재였다. 그의 눈가늠은 거친대지의 흐름이 그에게는 익혀있었다. 그가 말머리를 돌려 바위투성이 길을 오르며 말했다.

"이쪽방향이 절벽봉우리를 갈수 있는 길일 것이다."

목동들이 더르쯔의 명령에 따라 줄사다리뭉치가 실린 낙타를 끌고 말머리를 돌려 뒤따랐다. 매서운 바람이 불었다.
이윽고 하늘과 맞닿은 구름이 허리를 걸치고 누워있는 천길 바위절벽봉우리에 오른 더르쯔가 반대편 끝없는 대지를 한참동안 바라본다. 하얀 안개는 밑에서 보면 구름이다. 그는 다시 절벽아래 동굴위치방향 앞에 나무기둥을 세우고 어워처럼 오방색 하닥을 감아놓은 그가 동굴아래 어워로 표시해놓은 위치를 찾았다.

그 작은 어워는 일종의 어워의 시초가 된다. 후일 그곳은 지나는 유목민들이 우리의 성황당처럼 돌을 던지고 오방색 하닥을 감고 어워로서의 기능을 갖게 된다. 목동들이 절벽아래 어워의 방향 아래로 줄사다리를 늘어뜨리는 데에는 많은 시간이 필요했다. 굵고 길었기 때문도 있지만 그 무게가 만만치 않았다.

봉우리바위에 그 끝을 안전하게 묶어놓고 그들은 목축지로 돌아왔다. 아르갈리산양들의 서식처동굴을 찾는데는 이처럼 쉽지 않았다. 더르쯔와 솔롱고로부터 줄사다리 설치소식을 들은 그는, 척트가 바위산절벽동굴을 갈 때면 바위산 알퉁어워에 차찰을 올리고 텡게르 신에게 기원했다는 조부의 말을 상기했다.

엥흐자르갈에게 그는 말했다.

"엥흐자르갈, 어워에 올릴 공물을 미리 마련해 둬요. 척트조상이 바위굴을 들어갈 때는 언제나 알퉁어워에서 텡게르 신에게 기원하고 동굴을 들어갔다고 하니까."

"네, 당연하지요. 그런데 이번에는 저도 따라가고 싶어요."

"동굴을 완전히 찾고나서 볼 기회는 얼마든지 있어요. 당신은 양피지탁본을 모두 꺼내놔요. 아직은 솔롱고만 데리고 목동들과 다녀올거니까."

햇볕이 드는 날을 기다렸다. 하지만 구르반사이항 하늘
은 언제나 회색구름이 베일을 쳤다. 곧 비가 올 듯 회색구
름이 하늘을 덮어도 정작 비는 오지 않았다. 솔롱고는 그
간의 일들을 하루도 빠짐없이 기록했다.

이제 자신에게는 장인이 되는 더르쯔가 목동들을 이끌고
암벽에 줄사다리를 설치하는 과정까지 하나의 파노라마로
그 프로세스와 발견되는 전설의 동굴바위그림 자료를 체
계있게 정리하여 세상에 알릴 것이다. 그것을 곁에서 도와
주는 것은 솔롱고의 아내 자야다. 자야는 퍽 조신하고 얌
전했다. 또 자야는 자라면서 지금의 남편 솔롱고를 대하는
시어머니 엥흐자르갈의 품성을 은연중 배웠다. 모든 것을
솔롱고 가정으로부터 배우고 그것이 몸에 베었다.

척박한 겨울대지에 모처럼 햇볕이 들었다. 바람도 불지
않았다. 하늘과 맞다은 거대한 바위산허리를 구름 한자락
이 가로질렀다. 사시사철 눈이 녹지 않는 악어 등 같은 먼
산봉이 아득하다. 일곱 필의 말 대열이 태양빛을 등지고
거대하고 신비한 바위산절벽으로 가고 있다. 그와 솔롱고와
목동들이다.

협소한 바위틈사이로 가기 때문에 일렬로 갈 수 밖에 없는 거칠고 척박한 길이다.

엥흐자르갈은 자야를 데리고 목축지 가까운 어워를 찾았다. 그 어워는 어릴 적 솔롱고가 아빠가 그리울 때마다 아빠를 만나게 해달라고 텡게르 신에게 빌고 또 빌었던 어워다. 그곳에는 그들 일행이 떠나면서 기원한 공물로 샤르터스가 놓여있었다. 솔롱고의 소원을 텡게르 신은 결코 외면하지 않았다. 오늘 이시간 솔롱고는 가문의 전설 바위그림을 찾아가는 아버지를 따라나섰다. 어워에 다다르자 엥흐자르갈이 자야에게 말했다.

"자야, 어워에 공물을 올리거라"

"네, 어머니."

자야는 돌무더기에 공물을 올리고 둘은 세 바퀴를 돈 다음 업드려 절을 올리며 동굴을 찾아 떠난 일행들이 무사히 돌아오기를 빌었다. 그녀의 조상 척트타이츠가 전쟁터로 출정하면 부인 촐롱앙이 언제나 그랬던 것처럼 …….

기암절벽에 허리를 두른 구름 띠는 절벽너머로 바위산턱까지 이어져있었다. 구름 띠를 통과한 일행들이 바위투성이 펠트를 타고 봉우리에 올랐을 때는 구름 띠가 회색으로 변하면서 온통 하늘을 뒤덮었다.

세찬 바람이 불어오고, 기후변화가 시작되었다. 안개로 뒤덮힌 절벽은 전망이 응시되지 않는다. 몇발짝 앞이 보이지 않을 정도로 겹치고 겹진 불투명한 안개가 시야를 뭉개버렸다. 솔롱고는 불안하다.

"어버지, 아래가 보이지 않아요. 오늘은 안되겠어요."

"아니다. 이렇게 오기가 어디 쉬운 일이냐. 내가 줄사다리를 타고 내려가서 줄을 당기면 먼저 장비를 묶어 내려보내고 조심해서 내려오너라."

그는 솔롱고의 말을 듣지 않았다.

젊은시절, 몽골바위그림연구 하나로 글을 쓰려고 몽골땅을 처음 왔던 그다. 그렇게 질긴 뜻이 엥흐자르갈을 만나 반평생을 살았다. 그 인연은 솔롱고를 자식으로 두었고 오늘에 왔다. 그는 조심스럽게 줄사다리를 휘어잡고 한 계단씩 아래로 내려갔다.

허리에 묶은 줄 하나는 생명선이다. 목동하나가 생명선을 조금씩 풀어 내렸다. 미끄러져 떨어지게 되면 매달리게 할 수 있는 방편이다. 한 계단씩 안개 속으로 내려 갈수록 희미하게 보이는 그는 곧 보이지 않았다.

불안한 더르쯔가 줄을 잡고 소리쳤다.

"네-그!"

(Нэг/하나)

그러자,

"허여르."

(Хоёр/둘)."

하고 약속된 것처럼 그가 구령을 받았다.

이렇게 네그와 허여르 구령소리는 동굴에 다다를 때까지 반복되었다. 내려갈수록 소리가 멀어지기 때문에 더르쯔는 큰소리로 외쳤다. 만약 허여르라는 구령이 끊어진다면 상상도 못할 치명적 사단이 난 것이다. 한참 만에 생명선 줄 신호가 오자, 솔롱고는 먼저 장비를 매달아 내려 보냈다. 장비는 촬영장비와. 후레쉬, 줄자, 그리고 양피지탁본뭉치다. 그리고 솔롱고가 허리에 생명줄을 매고 아래로 내려갔다.

더르쯔는 솔롱고에게도 구령을 붙혔다. 허리에 생명선을 묶었다면 구령소리는 생명확인이다. 솔롱고가 아래로 내려가자 아버지가 바위 턱에 몸을 의지하고 기다리고 있었다. 동굴이라는 개념적 출구는 보이지 않았다. 아버지의 표정은 담담하다.

동굴이 아니라 좀 넓게 벌어진 틈새가 밖에서는 보이지 않을 정도의 검은 모습일 뿐이었다.

"아버님, 동굴이랄게 없는데, 잘못 온 것 같아요."

"아니다. 이 안쪽이 동굴이다. 조부께서 말씀하셨다. 산양 한 마리가 들어갈 수 있는 좁은 틈새로 몇발짝 거리에서도 동굴처럼 보이지 않는 어두운 바위그늘로 보여지는 곳이라고 하셨다. 척트조상은 몸을 구겨 넣고 들어가셨다고 했고, 들어간 굴속은 몸을 곧추세워도 될 만큼 넓고 큰 굴이라고 했다. 자, 그럼 들어가 보자. 내가 먼저 들어갈 테니 내가 들어가면 장비를 풀어서 하나씩 들여보내라."

"네, 아버지."

척트타이츠가 몸을 구겨 넣고 들어간 것처럼 산양한 마리가 겨우 들어가야 할 정도의 틈새로 들어간 그는 어둠속에 반짝이는 몰려있는 산양들의 눈빛에 일순 놀랐다.

한곳에 몰려있는 산양들은 조금도 소요하지 않았다. 이리 비키고 저리 비켰다. 손을 더듬어 조심스럽게 몸을 일으키자 굴 천정이 손에 닿지 않을 정도로 높았다.

"아들아, 장비를 들여보내고 안으로 들어오너라."

장비를 들여보낸 솔롱고가 비집고 들어오고 후레쉬를 비추자 7m가 넘는 깊은 굴속에 석기시대부터 새겨온 부호와 그림들이 동굴 양 벽과 천정까지 가득 새겨져있었다.

몸을 움직일 때마다 산양들이 이리저리 몰리며 몸을 피했다. 그이상의 두려워하는 동작은 없었다. 놀란 시선으로 흥분된 그들은 암벽을 손으로 매만지며 탄성을 쏟아냈다.

넋나간 표정으로 후레쉬를 비추며 동굴안쪽 벽화를 바라보며 어쩔 줄 모르는 그가 솔롱고를 부둥켜안고 감격의 탄성을 내질렀다.

"자! 보아라. 할하부족 네 어머니의 조상들이 선사시대부터 14세기에 이르기까지 새겨온 이 장엄하고 찬란한 모습을 보아라. 수 천년 동안 대륙 속에 숨어, 길고 긴 호흡으로 이렇게 남아있었구나."

"감격스러워요. 아버지."

"오냐, 감격스럽고 말고, 조상의 역사며 기록인 거대한 이 바위그림들은 온도나 풍화작용도 전혀 받지않고 조금도 손상된 흔적하나 없이 이렇게 보존되어있었구나."

몽골의 대기는 건조하다. 더구나 굴속환경은 바람이나 온도변화를 전혀 받지 않기 때문에 본래모습 그대로 보존되어있었다. 7m 깊이 양편 암벽을 곱하면 장장 14m, 간격은 8m 면적에 수많은 부호와 그림들이 음각되어있었다.

넓은 굴속은 어떤 한파도 피할 수 있는 산양들에게는 유일한 서식처다.

서릿발이 눈섶에 금방 서릴 정도로 밖은 춥지만 굴속은 따뜻한 환경이다. 수많은 부호와 그림이 새겨진 암벽은 더욱 단단해 보였다. 다른 바위표면과 그 색깔이 달랐다. 전체적으로 다른 암벽빛깔과 차이를 본 솔롱고가 묻는다.

"동굴전체가 같은 석(石)질인데, 부호가 새겨진 바위표면이 다른 부분과 질감이 다르고 벽 빛깔이 왜 차이가 나는지 모르겠어요."

"고고학전공자에게 필요한 질문이다. 이것은 갈(Гал/불)의 영향이다."

"무슨, 말씀이세요?"

"뜨거운 불에 쇠를 달구면 빛깔이 변하듯이 부호나 그림을 새길 때 불을 피워 암벽을 뜨겁게 달구었기 때문이다. 그것은 조상의 지혜다."

양피지탁본을 실물과 비교하는 작업부터 동영상과 이미지로 담는 데는 꽤 많은 시간이 소요되었다. 결코 단시간의 손쉬운 작업이 아니다. 하므로 더르쯔는 소르에 음식물을 매달아 내려 보내고 일단 집으로 돌아가 다시 오도록 했다. 몰려오는 추위에 ~~두들~~들이 마냥 기다릴 수는 없었다.

부분적으로 탁본된 양피지는 다시 탁본을 떠 연결하고 면적을 재고 넓이를 환산했다. 부호나 벽화는 능히 한권의 기록적인 책자로 만들어도 몇권 분량이 될만큼 방대하다.

부호는 부호대로 암각화는 암각화대로 분류하고, 선사시대부터 14세기까지 안쪽부터 추정년대를 환산하고 분석하여 하나의 자료를 구성하는 기초작업에 들어갔다.

아마 선사시대부터 14세기까지 이어지는, 한 장소에서 볼 수 있는 이와 같은 기록적인 유물은 몽골 땅 어디에서도 찾아볼 수 없을 것이다.

흥분된 그가 아들에게 당부하듯 말했다.

"아들아, 아버지가 평생 몸바쳐온 가문의 전설로 전해온 이 모든 자료를 바탕으로 논문을 써서 학계에 알리고 모든 인류에게 알리도록 해라. 유일한 근거물인 탁본은 역사박물관에 등재보존하게 하고. 우리집안조상들이 남겨놓았다고 해서 우리 것이 결코 아니다. 모든 인류의 것이며 몽골의 문화유산이다. 알겠느냐."

"네, 아버님의 숭고한 정신까지 세상에 알릴 것 입니다."

무심코 대답을 하였지만, 아버지의 당부에 솔롱고는 일순 이상한 생각이 들었다. 어딘가로 멀리 떠나면서 마지막 이르는 불길한 말씀 같았다. 그러나 솔롱고는 애써 그 생각의 꼬리를 마음 속에 담아놓지 않으려고 노력했다.

하지만 그 말씀이 불현듯 불안하게 떠오르곤 했다.

8

돌에 새긴 유목민의 삶과 꿈

"자! 이제부터 기호학적 접근을 통해 안쪽부터 분석해보자. 돌에 새겨진 선행적 연구에서 안쪽으로 들어 갈수록 알 수 없는 부호와 그림들로 가득 차 있다. 안쪽은 시대적으로는 신석기시대에 가깝다. 그 이전 구석기시대사람들은 불을 사용했고, 옷을 만들고 집짓는 기술을 습득하고, 활을 비롯한 여러가지 사냥도구를 만들었다. 중석기시대로 넘어 오면서 극지방의 빙하가 녹아 자연환경과 기후변화가 크게 나타나고 동물과 인간의 대규모이동이 시작된다."

후래쉬불빛을 바위그림에 비춰가며 그가 아들에게 강론을 이어갔다.

"네, 아버지."

"그러면, 네 어머니의 조상 할하부족들이 구르반사이항에 자리를 잡은 것은 선사시대부터니까, 석기시대 말기부터 논할 수있다."

"네."

"석기시대말기인류는 생산양식에서 혁명적인 발전을 이룩했다. 즉, 목축과 농경에 종사하게 된다. 오랜 기간에 걸쳐 선사시대사람들이 영위해온 수렵경제가 발전하면서 목축을 할 수 있는 조건이 갖추어지기 시작했다. 자, 이 시기에 그려진 그림을 보자. 이 부분의 바위그림을 보면 야생 염소, 사슴, 늑대, 여우 등이 있고, 사냥하는 사람들, 말이나 낙타를 탄 사람이 묘사되어있지만, 시대를 거슬러 동굴양 벽을 보자. 가장 많은 분분을 차지하고 있는 이 넓은 면적에 주로 무장한 전사, 전투 중인 사람들, 활과 화살이 묘사되어있다. 이것은 300년동안 차하르부족과의 전쟁기록으로 여길 수 있는 부분이다. 청동기시대바위그림 가운데 새겨 그린 그림말고도 붉은 안료로 그린 그림도 확인되는데, 연구자들은 몽골바위그림을 표현방식에 따라 사실적으로 표현된 그림, 추상화된 그림, 동물을 양식화하여 묘사하는 기법을 쓴 양식화된 그림으로 분류하고 있다. 이러한 점을 숙고해서 지금 네 어머니의 조상들이 새겨놓은 이 바위그림에서 크게는 할하부족, 네 어머니조상들의 삶과, 차하르부족과 할하부족의 전쟁사가 밝혀질 것이다."

"네, 아버지."

"선사시대, 네 어머니의 조상 할하부족들은 가능한 모든 방법을 동원하여 야생동물을 길들이기 시작했다. 동물과 가까이 거주하면서 새끼를 주거지로 데려와 길들여 기르기 시작한 장면묘사는 바로 이 부분이다."

그러면서 그는 후레쉬로 그곳을 비추었다.

그가 다시 말했다.

"초기조상들은 동물을 낭떠러지나 골짜기로 몰아 사냥을 했다. 이에 관한 기록들은 동굴 맨 안쪽 벽을 채우고 있다. 이 시기에는 포획하여 오랫동안 울타리에 가두고 길들이며 살았던 것들을 묘사한 것이다."

"네."

"몽골바위그림을 몽골을 인류최초미술발상지로 여긴다면, 몽골은 독자적으로 목축이 발생한 세계 몇 안 되는 지역 중 하나로 학자들은 여길 뿐아니라, 세계 3대 목축발생지의 하나로 몽골을 인식하고 있다."

"네."

"인류역사상 처음으로 곡괭이를 이용한 농경이 시작된 것은 신석기시대지만 혹독한 대륙성기후로 몽골지역에서 농경은 크게 발전하지 못했다."

"네."

"그러니까, 이와 같이 신석기시대 인류의 삶과 변화를 모르고서는 여기 눈에 보이는 조상들이 새겨놓은 이 엄청난 부호와 바위그림들을 분석할 수가 없다. 같은 부호는 그 숫자를 헤아려 따로 탁본해서 지금 몽골이 사용하는 키릴자모 이전, 몽골의 구문자 몽골비칙이 생성되기 이전의 언어까지 연구하면 부호의 답이 나올 것이다. 그곳에 채워진 그림에서 공통점을 찾아보아라."

"네, 아버지."

"몽골바위그림은 몽골민족의 고대사를 연구하는데 매우 중요한 자료가운데 하나다. 네 눈앞에서 아버지는 조상의 바위그림을 지금 이렇게 찾아주었다. 하면, 네, 어머니의 조상 할하부족들이 대를 이어 새겨놓은 이 바위그림에서 투영되는 것이 무엇인지를 이제부터 연구하여 논문화하여 세상에 알려라. 아마, 이 방대한 면적의 연구 작업은 네 평생 과업이 되고 노력여하에 따라 이 분야에서 세계고고학 일인자로 인정받게 될 것이다."

"네, 아버지말씀, 명심하겠습니다."

"오냐! 중앙아시아고원에 위치한 몽골은 여기 말고도 바위그림이 풍부한 땅이다. 지금까지 몽골에서는 200여 곳에서 바위그림이 발견되었다. 그 숫자는 계속 늘어가고 있다. 이제 할하부족 네 어머니조상들이 세겨놓은 이 바위그림들도 포함시켜야 한다. 여기 보이는 바위그림을 보면 선조들의 희망이나 기원을 표현하여 후대에 전하려는 암시가 강하게 베어있다. 무엇을 후대에 전하려고 하였는지도 구체적으로 분석해야 할 것이다."

"네, 아버지."

"학자들은 100년 전부터 몽골바위그림을 공동으로 하거나, 독자적으로 탐사하며 연구하기 시작했다. 연구의 흐름은 크게 세 시기로 구분할 수 있다. 19세기 말부터 1940년대까지 외국학자들이 탐사하면서 바위그림의 소재를 출판한 거지."

"네."

"여기 이 바위그림을 출판한다면 시대별로 구분이 가능한만큼 여러권 나올것이다. 그리고 몽골바위그림을 연구하고 평생을 몸바쳐 조사한 학자가 있다."

"그래요? 어떤 분이세요?"

"러시아 포타닌이라는 학자다. 그런데 포타닌의 고고학적탐사는 근래에 들어서야 학계에 널리 알려지게 되었다. 이제서야 몽골고고학연구의 시초자로 인정받고 있다. 1956~1970년 사이에는 세르오브자드, 페를레, 오클라드니코프, 도르찌, 노브로고드바, 도르찌수렝, 고초, 볼고프, 이실, 에렉덴닥화, 그리고 몽골과학아카데미회원으로 활동하는 샹다르수렝 등 러시아와 몽골학자들이 여러 지역의 바위그림을 조사했다."

"네, 아버지! 그런데 언제 이렇게 몽골바위그림에 대한 학술자료를 연구하셨으면 여러 학자들 이름까지 알고 계세요?"

"그만큼 아버지의 관심이 컸다. 어머니의 조상이 자식들에게 바위그림 새기는 방법을 전수시켰듯이, 아버지가 해온 모든 것을 지금 너에게 전수시키는 중이다. 1971년부터 몽골과 소련이 문화공동조사단을 만들고, 그 산하에 여러 연구반을 두었다. 열거하면 초기철기시대유목민 유적연구반, 비문연구반, 구석기시대유적연구반이 볼강, 헙스굴, 오브스, 투브, 바양헝거르, 헙드아이막 등에서 붉은 안료로 그린 바위그림과, 바위에 새겨서 그린 바위그림을 다수 발견했다."

"네."

그는 계속 말했다.

"1975년에 이르러서는, 도르찌와 노브고로도바가 『몽골의 바위그림』이라는 책을 출간 했는데, 여기에서 그들은 몽골바위그림을 여섯가지로 분류했다. 열거하면, 석기시대바위그림, 청동기시대(기원전15~12세기)바위그림, 흉노시대(기원전 3세기 기원후 1세기)바위그림과, 돌궐시대(7~8세기)바위그림, 키르기즈시대(9세기 말)바위그림, 그리고 몽골시대(13~14세기)바위그림까지 망라한 것이다. 제 3기라 할 수 있는 1990년부터 현재에 이르기까지 몽골민주화가 시작되면서 교류가 없던 국가들과도 공동연구가 활발하게 시작되었다. 이 후 2004년까지 여러 바위그림을 발표했다."

"네."

"이쯤해서 정리하자면, 바위그림은 붉은안료로 그린그림, 먹으로 그린그림, 바위면을 갈아서 새긴그림, 날카로운 도구로 점이나 선으로 새긴 바위그림으로 분류할 수 있다. 종교적 바위그림으로는 투브아이막 밍죠르 사원을 가면 석가, 신장, 관음, 산신을 표현한 음각으로 새겨진 채색된 바위그림이 보존되어있다. 밍조르사원 암채화는 몽골 여러 암채화 중에서 음각이 가장 선명하고 아름다운 색채를 띄고 있다."

"네, 아버지."

"또 한편, 몽골바위그림의 모티브와 묘사대상에 따라 분류할 수 있다. 일상생활을 대상으로 한 것, 동물을 대상으로 한 것, 물건이나 주거를 대상으로 한 것, 그리고 탐가가 있고, 묘사대상이 불분명한 것도 있다. 지금 이 동굴 속 바위그림을 시대별로 분석해 보면, 총체적으로 돌에 새긴 몽골유목민의 삶과 꿈이 모두 한 장소에 새겨져있다."

"네."

몽골에 첫발을 디뎠던 목표가 이렇게 이루어지고, 또 이렇게 깊이 있는 내용을 총체적으로 아들에게 일러주고나자 자신도 모르게 두 눈에 이슬이 맺힌다. 실로 많은 세월이 흘렀다. 아버지의 이슬을 본 솔롱고 가슴이 찡하게 울렸다.

"아버지!"

어린애처럼 아버지의 가슴에 솔롱고가 안긴다.

회한의 눈물을 보이는 아버지표정에, 솔롱고는 가슴이 먹먹하다. 어쩌면 아버지는 가족을 위해 살아오셨다. 이렇게 가문의 족적, 조상들의 바위그림이 새겨진 동굴하나를 찾으려고 국적도 포기했다. 어머니와 자신을 선택한 아버지였다.

9

돌아올 수 없는 길

"아들아, 아버지가 평생 몸바쳐온 가문의 전설로 전해온 이 모든 자료를 바탕으로 논문을 써서 학계에 알리고 모든 인류에게 알리도록 해라. 유일한 근거물인 탁본은 역사박물관에 등재보존하게 하고. 우리집안조상들이 남겨놓았다고 해서 우리 것이 결코 아니다. 모든 인류의 것이며 몽골의 문화유산이다. 알겠느냐."

 이렇게 당부한 아버지의 말씀이 마지막 유언이 될 줄 솔롱고는 상상하지 못했다. 며칠 동안이나 작업을 마친 그는 솔롱고와 장비를 먼저 올려 보냈다. 큰짐승도 곧추선 채 얼어버리는 무서운 한파, 쪼드가 닥칠 것처럼 한없이 내려가는 기온 속에, 줄사다리에 묻은 눈발이 온통 두텁게 얼어붙어있었다.
 모든 장비를 소르에 매달아 올려보내고, 앞서 오르던 솔롱고는 심하게 흔들리는 줄사다리를 의식했다. 날리던 눈발이 매서운 눈폭풍으로 변했다. 당장 떨어질 것 같았다.

위험이 닥치자 긴장한 목동들이 솔롱고의 허리에 맨 생명선줄을 가까스로 끌어올리는 순간, 아버지의 생명선줄을 잡고 있던 목동이 미끄러지며 기암절벽아래로 한순간에 추락했다. 목동이 떨어지면서 연결되어있던 생명선소르가 아버지를 끌어당겼다. 그바람에 절벽아래로 아버지는 추락하고 말았다.

　'쿵-.' 절벽 울리는 소리가 연이어 두번 들렸다. 아버지와 목동이 벼랑아래로 여지없이 떨어져 주검을 맞이한것이다.
　손을 쓸 일말의 여유도 없었다. 말 그대로 찰라의 참사다. 아래로 내려간 솔롱고는 아버지의 육신을 끌어안고 미친듯이 뛰었다.

　낙타 등에 실려 처참한 주검으로 돌아온 그를 본 엥흐자르갈은 그대로 혼절해버렸다. 깨어나서도 정신을 차리지 못하고 식음을 전폐했다. 며칠 동안이나 물한 모금 마시지 않았다. 그녀는 시신을 끌어안고 밤을 지샜다.
　"눈 좀, 떠봐요. 눈 좀, 떠봐요. 여보."
　피칠갑으로 파열된 얼굴을 닦으며 애달피 부르는 엥흐자르갈의 애원에도 주검은 말이 없다. 영전 밖으로 나오지 않고 그녀는 며칠 동안이나 시신을 부둥켜안고 슬퍼했다.

반은 미치고 반은 실성했다. 나중에는 헛소리마저 했다.

전갈을 받은 노구의 외숙부내외가 호통트에서 달려왔고, 에르데느 가족들이 구르반사이항 목축지로 모두 모였다.

넋 나간 가족들은 장례를 치를 생각도 할 수 없었다. 무엇보다도 식음을 전폐한 그녀와 솔롱고의 걱정이 앞섰다. 엥흐자르갈은 그가 없는 세상 더는 살고 싶지 않았다.

그녀의 눈에는 세상이 온통 검은 먹지다. 삶의 희망도 살아야할 이유도 이제 더는 없다. 솔롱고 역시 어머니의 마음과 조금도 다르지 않았다. 아버지를 그리며 어린 시절을 보낸 솔롱고는 어떤 희망도 없었다. 솔롱고의 아내, 자야도 물론이다. 솔롱고와 자신을 울란바타르로 데려와 학교를 보냈고 자식처럼 키웠다. 그래서 자야는 늘 아버지 같았다.

목동반장 더르쯔는 자신의 잘못으로 파생된 것처럼 죄의식에 빠져 괴로워했다. 그는 가슴을 쥐어뜯으며 통탄했다. 쪼드 한파에 가축이 모두 동사하고 호통트에서 어렵게 막노동으로 살아갈 때, 엥흐자르갈은 자신을 목동반장으로 고용했고 자신의 가족을 거두었다. 이렇게 온가족이 슬펐다. 외숙부와 외숙모는 며칠을 기다리면서 그녀와 솔롱고에게 수태채와 음식을 강제로 입안에 밀어 넣으며 탈진을 막았다. 잃었던 이성이 조금씩 돌아오자 뒤늦게 그와 목동의 장례를 주관했다. 마냥 시신을 놓아둘 수 없었다.

그의 장례식이 있던 날, 그가 몸담았던 UB대학총장을 비롯한 동료교수들과 몽골문학연맹회원들이 참여했고, 스님들이 영가를 위한 의식을 취했다. 토올치들이 토올을 부르며 영가를 위로하고, 백마리의 말떼가 황먼지를 일으키며 매장지의 대지를 뒤집는다. 황량한 바람이 구르반사이항 반사막대지를 휩쓸었다.

이듬해 봄 솔롱고는, 할머니의 매장터에 아버지가 바위를 올려놓고 이름을 새겨놓은 것처럼, 아버지의 이름을 새긴 바위를 해를 넘기지 않고 세워놓았다. 그리고 매년 차강사르(설날)가 되면 그곳을 찾을 것이다.

제정신이 돌아온 엥흐자르갈은 가축을 정리했다. 십여 목동들의 가족까지 거느리며 낙타며, 말이며, 수많은 가축으로 부(富)를 누리며, 대목축가라는 칭송을 받으며 그녀는 살아왔다. 하지만 아무리 많은 가축을 재산으로 가졌어도, 그가 없는 세상 소유의 기쁨도, 어떤 의미도 이제 더는 없다. 그가 있었으므로 거친 대지 오지초원에서 낙타 떼를 끌고 유랑 길 유목생활도 힘든 줄 몰랐고, 구르반사이항 척박한 대지도 그가 있어 구르반사이항 다웠다. 그와의 삶은 그렇게 아름답고 행복했다.

　장례를 치르고 난 그녀는 먼저 가축일부로 그와 함께 운명을 달리한 목동가족에게 보상하고 분가시켰다. 충분한 보상으로 먹고살도록 해주었다. 그리고 나머지 절반을 뚝 떼어 자야의 아버지 더르쯔에게 나누어주고, 그 절반은 상속의 상징으로 솔롱고의 몫으로 남겨두었다.

　또 더르쯔에게 이르기를 솔롱고 몫의 가축도 함께 관리하도록 이르고 겨울목축지를 항상 구르반사이항 목축지로 정하도록 했다. 매년 정월초하루 차강사르에 이곳에 머물며 어머니와 그의 매장터를 찾고 싶어서다. 이점을 솔롱고는 반겼다. 그리고 솔롱고와 자야를 데리고 울란바타르 아파트에서 완전한 도시생활로 환경을 바꾸었지만, 마음이 정착되지 않았다. 갑작스런 그가 없는 도시생활이 적응되지 않았다. 마음갈피를 그녀는 잡지 못했다.

　솔롱고는 전설의 동굴바위그림과 아버지의 모든 암각화연구자료를 바탕으로 쓴 논문으로 박사학위를 받는다. 그리고 정교수가 된다. 그가 발표한 논문과 세상에 알린 자료들은 몽골국립고고학연구소는 물론 몽골문화국에 큰 반향을 일으켰다. 손수 현장을 확인한 몽골문화유산연맹 임원들과 고고학연구소장 어트겅바야르는 그의 주검을 두고 지원을 회피한 문화국에 정식으로 항의했다.

솔롱고는 많은 분량의 탁본을 역사박물관에 별도의 방을 만들게 하고 그곳에 영구기증하여 유리면 속에 진열되었다. 정부의 지원이다. 해외고고학자들이 몽골로 들어오기 시작했다. 어트겅바야르 고고학연구소장은 전설의 동굴 바위그림 최초발굴자로 모든 학술지에 그의 이름과 국적과, 솔롱고를 등재하고 솔롱고와 힘을 합해 국내외 고고학하자들을 불러 세미나를 열었다.

솔롱고는 아버지의 발굴과정을 책으로 편집하고 고고학연구소는 그것을 출간했다. 현장을 방문하는 학자들이 그의 묘소를 찾게 되자, 그때서야 뒤늦게 몽골정부문화국은 묘소를 단장하고 업적을 기록한 커다란 비문을 무덤 터와 동굴암벽아래에 세웠다. 몽골국립고고학연구소 어트겅바야르의 집요한 정식요구가 아니었다면 불가능한 일이었다.

그리고 많은 학자들이 모인 동굴아래 비문 앞에서 그와 솔롱고에게 훈장을 수여했다. 그의 훈장수훈은 미망인 엥흐자르갈이 받았다. 그가 이룬 할하부족 전설의 바위그림들은 이렇게 세상에 알려졌다.

아버지의 노트북에서 솔롱고는 생전 아버지가 말씀하신 『할하의 역사서』라는 제하의 탈고까지 마친 원고파일을 찾아냈다. 할하부족 역대족장들의 이름까지 추적 발췌하여 족보처럼 정리되어있었다. 생전 아버지가 산양동굴바위그림 탁본작업을 하시면서 해주셨던 말씀을 솔롱고는 회상했다.

그 때 아버지는 말씀하셨다.

"몽골은 15개부족으로 이루어져있다. 그중 네 어머니 할하부족은 현존하는 몽골부족 중 79%나 된다. 지금은 부족을 따지지 않지만, 21세기 몽골 땅을 할하부족들이 거의 채우고 있는 셈이다. 그것은 과거 부족전쟁이 많았던 세기에 할하부족들의 힘이 얼마나 강성했는지를 말한다. 당시에는 여자가 부족했기 때문에 약탈혼이 많았던 때다. 할하부족 군사력이 그만큼 강성했기 때문에 많은 여자들을 약탈하여 구르반사이항 척박한 대지에서도 선사시대부터 대가족을 이룬 부족은 할하부족 뿐이었다."

"네, 아버지."

"중국 령 내몽골 차하르부족과 300년 동안이나 전쟁을 하면서 살아온 할하부족은 지금 몽골민족의 근본적인 특징을 모두 가지고 있다."

"네, 아버지."

"그리고 지금 아버지는 조부생전에 받아놓은 선조들의

내역을 바탕으로 할하부족 역사집필을 마치고 탈고까지 끝냈다. 이제 동굴벽화를 찾기만 한다면 세기별 대조도 가능하고, 출판하면 몽골인구 79%가 할하부족 후손들이기 때문에 큰 반향을 일으킬 것이다."

"네."

"몽골은 고대부터 아버지의 이름을 성(姓)으로 쓰기 때문에 선조이름의 성(姓)을 계속 거슬러 올라가면 추적이 가능하고 큰 맥이 잡힌다. 네, 어머니가 몽골역사학을 전공한 이유는 여기에 있었다."

아버지는 어머니가 가진 뜻까지도 생전 그렇게 이루어놓았다. 솔롱고는 아버지의 원고를 환양장 책으로 펴내고 발간된 『할하의 역사서』는 처음 출간 후 일 년 동안 2쇄, 3쇄, 10쇄까지 몽골이 들썩일 정도로 큰 반향을 불러일으켰다. 가장 기뻐하는 것은 어머니였다.

출간을 하게 되자 엥흐자갈은 『할하의 역사서』를 품에 안고 펑펑울었다.

10

진상(進上)

척박한 대지에 바람이 분다. 그가 세상을 떠난지 첫 정월 초하루 차강사르 연휴를 앞두고 정부는 100년에 한번 올까말까 하는 쪼드 경계령을 내렸다. 쪼드가 닥치면 큰 짐승도 선 채로 얼어 죽는 무서운 한파다. 엥흐자르갈과 솔롱고와 자야는 구르반사이항 목축지로 들어왔다.

그의 묘소를 찾을 것이다. 하지만 쪼드가 시작된 건지, 영하 45도 아래로 내려간 기온이 오를 기미를 보이지 않았다. 전날 밤 엥흐자르갈이 솔롱고에게 말했다.

"아들아, 앉거라."

"네, 어머니."

"할머니는 네, 아빠를 늘 보통사람이 아니라고 하셨다. 생각해 보면 너의 아버지는 정말 보통사람은 아니구나."

"왜요? 어머니?"

"그렇게 돌아 가실 줄 아셨는지, 동굴탐사를 하시다말고 갑자기 너를 혼례시키자고 서둘더니 네 혼례를 보고 돌아가셨잖아!"

"네, 어머님말씀을 듣고보니 그러네요. 아버님말씀에 저도 이상한 생각이 든 적이 있어요."

"어떻게?"

"아버님이 동굴 속에서 바위그림을 보시고서 꼭 어디를 떠나면서 당부하는 것처럼 말씀하시는데, 이상한 생각이 들었지만 그 생각을 잊으려고 노력했어요."

"뭐라고…… 하셨는데?"

"네, 이렇게 말씀하셨어요. 아버님은 동굴에서 조상들의 유물을 보시고서 감격하셨는지 눈물을 보이셨어요. 그리고 저를 안고서 이렇게 말씀하셨어요. 아들아! 아버지가 지금까지 말해준 몽골바위그림을 기초로, 네 어머니 할하부족선조들이 여기에 새긴 바위그림을 분석연구해서, 논문을 발표하고 세상에 알려라. 이 장엄한 유물들을 조상들이 남겨놓았다고 해서 우리 것이 결코 아니다. 모든 인류의 것이며 몽골의 문화유산이다. 알겠느냐."

"그러셨어?"

"네, 이렇게 말씀하시니까 문득 이상한 생각이 들었어요. 꼭 어디를 멀리가시면서 하시는 말씀 같잖아요. 살아계셨다면 모두 아버님이 하셨을 일이잖아요."

"세상에, 그렇구나, 그뿐이 아니다. 우리조상들이 새겨놓은 동굴바위그림을 끝내 찾아내고, 『할하의 역사서』까지 집필해서 내 소원은 물론, 결과는 그것으로 네 평생 앞길까지 터줬지 않느냐! 당신이 하실 일과 가장으로서 책임을 다하시고 가셨구나. 정말 보통사람은 아니다."

다음날 정월초하루 차강사르에, 그들과 자야의 부모까지 모두 말을 몰고 그의 묘소를 찾았다. 쪼드를 의식한 자야의 아버지 더르쯔가 만류했지만 엥흐자르갈은 개의치 않았다. 척박한 대지에 묻힌 그를 처음 찾아가는데 한낮 쪼드 따위는 무섭지 않았다.

활처럼 머링호오르를 어깨에 맨 엥흐자르갈과 가족들은, 생전 그가 즐겨먹던 보쯔[3])와 마유주는 물론, 여러 음식으로 소담하게 진상(進上)을 올리고 한국식제의를 올렸다.
환양장표지로 엮은 『할하의 역사서』와 미망인으로 그녀가 받은 그에게 수여된 금빛훈장을 상석에 올린 그녀는,
"아 –여보! 이 훈장은 당신 거예요. 당신이 받아야 할 몽골국 최고의 문화훈장이예요. 『할하의 역사서』까지 당신은 제 소원을 모두 들어주셨어요."
하며 터지는 울음을 참지 못했다.

---

3) 보쯔Бууз : 양고기를 다져 넣고 만든 우리의 만두와 같은 음식.

엥흐자르갈은 푸른비단 하닥을 양손에 펴들고 술이 가득 담긴 은잔으로 자신에게는 평생 최고의 손님이며, 은혜로운 그의 면전에 진상을 올리며 이슬을 보였다. 그와의 삶은 그녀에게 행복이 넘치는 삶이었다.

몽골 인들은 푸른비단 '하닥'을 소중한 것으로 생각하고 중요한 일이 있거나 존중하거나 귀한 분을 만나게 되면 하닥을 준비하고 진상하는 예절이 있다. 예를 들면 차강사르 정월초하루 설에는 어르신이나 스승, 부모님에게 세배를 할 때 양손에 하닥을 펴들고 세배를 하거나 직접 드리고 세배를 올리기도 한다. 지역마다 지키는 풍습이나 예절은 조금씩 차이가 있지만, 보통은 하닥을 드리고 세배를 올린다. 그리고 스승을 소중하게 생각하고 스승에게 인사를 갈 때 하닥을 올린다. 장례할 때, 결혼할 때, 말에 낙인을 찍을 때, 산천이나 나무 등 자연을 숭배할 때, '하닥'을 진상한다. 하닥을 펴들고 은잔에 술이나 우유를 놓고 드리는 것은 존중하는 마음과 하얀 마음, 맑은 생각을 의미한다.

암각화부호처럼 그의 업적기록이 새겨진 비문을 바라보는 그녀 두 눈에 그렁그렁 눈물이 고인다. 흐려 보이는 비문에 눈을 떼지 못하는 그녀가 몸을 가누지 못하고 비틀거리자 자야가 얼른 어머니를 안았다.

묘소를 처음 찾는 차강사르에 가슴으로 치솟는 슬픔을 엥흐자르갈은 견딜 수 없었다. 애달피 그를 그리워하며 살아왔던 일들이 파노라마영상으로 되돌아보였다.

"어머니!"

눈물을 머금은 솔롱고가 어머니를 안았다. 어릴 적 호통트 초등학교로 찾아와 솔롱고를 한눈에 알아본 아버지는, 와락 솔롱고를 안고 말했었다.

"내, 아들. 솔롱고구나."

잠을 자고나면 보이지 않을 것만 같은 그렇게 찾아오신 아버지였다. 눈물을 거둔 그녀가 말했다.

"아들아."

"네, 어머니."

"자야 부모 모시고 먼저가거라."

아버지를 혼자 느끼고 싶어하는 어머니의 의중을 솔롱고는 알아챘다.

11

긴 여정의 종점

긴 여정의 종점, 구르반사이항 반사막대지에서 그를 그리워하는 초노(初老)의 엥흐자르갈, 그의 묘소 앞에서 그녀는 그가 그리울 때마다 띄우던 서사시를 넋 나간 듯 토올로 부른다. 어릴 적 조부가 말했다. 머링호오르를 연주하는 것은 조상들을 만나는 것이라고, 조상의 영웅을 만나는 것이라고……,

치솟는 슬픔에 눈물 글썽이는 머루눈빛 엥흐자르갈, 괴롭다 못해 포효를 내지른다.

"아 - 저깅! 저깅! 타벌 미닝 바타르 욤-!"

(aa- Зөгийн! Та бол миний баатар юм!/아 -여보! 여보! 당신은 저의 영웅이십니다.)

그랬다.

그는 정녕 엥흐자르갈 자신에게는 영웅이었다. 지금 그녀는 자신이 연주하는 머링호오르 음율 속에서 자신의 영웅을 만나고 있다.

파노라마로 들려오는 그의 음성을 듣는다.

"내곁에 당신이 있고 아들도 있는데, 처자식을 두고 이제 어디든 가지 않을래요."

"아–, 저깅(Зөгийн/여보)! 엥네르후헤드(ЭхнэрХҮҮхэд처자식)라고 하시다니!"

처자식을 두고 어디든 가지 않겠다던 그는, 이렇게 홀로 자신과 솔롱고의 곁을 떠났다. 그리고 차가운 구르반사이항 반사막대지지하에서 엥흐자르갈을 기다리고 있다.

구르반사이항 아르갈리산양동굴을 처음 찾아갔던 그가 위험에 처했을 때, 밤낮 없는 걱정 끝에 말을 몰고 달려가 정신을 잃은 그를 구한 후, 다시는 어디든 혼자 보내지 않겠다고 다짐했던 그에게, 격앙된 그녀는 비통을 견디지 못해 포효를 거듭한다.

"저–깅! 저–깅! 이렇게 당신을 혼자 보낼 수는 없어요! 어디든 다시는 당신을 혼자 보내지 않겠다고 제가 말씀드렸잖아요!"

송아지꼬리가 얼어 떨어지는 몽골한파 쪼드의 위세가 무섭게 시작된다. 체온으로 느낄 수 없는 몽골 쪼드는 형상도 없다. 일순간에 가축을 곧추선 채 얼려버리는 쪼드는 감각 없이 온다.

이 세상에 없는 그를 하염없이 그리며 바위에 앉아 머링
호오르를 연주하던 그녀는, 연주모습그대로 순간 얼음조
각이 되었다. 극사실로 표현된 조각상이 되어, 그녀의 영혼
은 멈추지 않고 머링호오르 현을 당기고 밀며, 그가 그리울
때마다 부르던 서사시를 노래한다.

그가 떠난 후 찾아온 첫 차강사르에, 엥흐자르갈은 그의
묘소를 떠나지 못하고 그렇게 육신을 이탈했다. 그리고 그
녀의 영혼은 영웅에게 안겼다. 그녀의 영혼이 연주하는 머
링호오르 소리가 바람결을 타고 척박한 대지로 흐른다.

무서운 꿈 속에서 깬 것처럼 갑작스런 몸서리에 깜짝 놀
란 솔롱고와 자야가 화급히 말을 몰고 달려왔다. 머링호오
르를 연주하는 바위에 앉은 모습그대로, 영혼이 떠난 어머
니를 바라보며 솔롱고와 자야가 포효를 내지르며 어머니
를 부른다.

하지만 이내, 아버지의 품에 안긴 어머니의 모습이 영상
처럼 사물 속에 겹쳐보이자 솔롱고는 조용히 양팔을 펴들
고 춤사위를 폈다. 말없이 자야가 보조사위를 맞추며, 그
들은 어머니의 영혼 앞에서 솔롱고가 아버지를 처음만나

춤사위를 펼 때처럼, 어머니의 영혼이 노래하는 머링호오르 가락 속에 아버지의 품에 안긴 모습 앞에서 춤을 춘다.

오늘 이순간, 솔롱고와 자야가 펼치는 춤사위피날레는 부모에게 바치는 은혜의 퍼포먼스다. 어머니의 영혼이 부르는 토올가락이 가늘게 들려온다.

아주 먼 옛날부터
높은 나무들이
바람결에 흔들리고
버드나무들이 숲을 이루어
깨끗한 샘물에서
검은 단비들이 즐겁게 놀고
비옥하며 넓고 높다고 하네요.

상석에 올려놓은 그가 집필한 『할하의 역사서』위에 금빛 훈장이 반짝, 빛을 발했다. 〈끝〉

에필로그/epilogue

시야의 종점없는 광활한 설원복판으로, 한 획 그어진 동맥혈관 같은 석양에 붉게 물든 톨 강, 울란바타르 몽골수도 상공에서 내려다본 영하 38도 몽골의 첫 기억이다.

소련사회주의가 평화의 땅을 휩쓸고 간 땅에 10년 전 그렇게 첫 발을 내딛었다. 사회주의라는 미명은 몽골의 자연신앙을 짓밟았고, 문화말살정책은 수많은 라마들을 총살했다. 유목민들의 가축은 네그델(집단주의)정책으로 몰수했고. 반대자는 시베리아로 끌려갔다. 굳이 몽골사회주의를 어필하지 않더라도 유목문화의 독특한 몽골인의 삶속에 숨어있는 수많은 서사는, 아무리 파헤쳐도 끝이 없다. 크게는 칭기즈 칸 몽골과. 사회주의몽골로 대별할 수 있는 역사 속에, 서사덩어리가 보석처럼 묻혀있는 땅이다. 몽골반점으로 시작되는 우리문화의 원류요소 또한 묻혀있는 대지에서 몽골고대암각화를 찾아 대초원을 헤매었다.

인류미술의 발상지로 여기는 고대몽골암각화를 파리 그랑팔

레 미술관에 몽땅 가져다놓고 본다면, 결코 현대마술사에 뒤지지 않을 회화성(會畵性)이 구축된 유목민들의 혼이 담긴 바위에 새겨진 선 돌들의 사슴문양은, 가히 인류미술의 발상지로 여기지 않을 수 없을 것이다. 불규칙한 바위덩어리 전체면적에 새겨진 사슴문양을 탁본을 떠보고서야 놀란 것은, 화면에 떠진 문양의 황금분할이 정확하게 구성되어있었다는 점이다. 기록이 없었을 뿐, 그들은 이미 미적이론까지도 체계적으로 세워져있었다는 것을 의미한다.

'그들은 왜, 바위에 사슴을 새겨놓았을까.'
라고 품었던 의구심을 무지개를 통하여 이렇게 끝을 맺는다.

인용몽골어

텡게르/тэнгэр 하늘. 20

어워/овоо : 성황당 원류로 돌무지 중심 기둥에 줄을 치고 만국기처럼 오방색 천을 메단 자연신앙물. 20

오르히/урхи : 말목을 거는 올가미. 22

수태체/сүүтэйчай : 우유에 차잎을 넣고 우린 우유차. 22

사르터스/цаартос : 버터. 23

알퉁어워/алтөновоо : 몽골어워 중 여자는 오르지 못하는 가장 으뜸이 되는 어워. 24

아이막/аймаг : 우리의 道에 속하는 단위명칭. 27

하닥/хадааг : 길다란 오방색 천. 27

어르흐/орх : 빛이 들어오는 게르 천창을 막는 덮개. 28

머링호오르морин хуур : 2현으로 된 말머리가 있는 현악기(馬頭琴). 30

토올/туул : 목동들이 양을 치다가 부르는 전통노래. 30

호통트/хотонт : 아르항가이 면(面) 단위 지역명칭. 32

솜/сум : 읍(邑)이나 면(面) 규모의 행정단위. 33

울란바타르/Улаанбаатар : 몽골의 수도. 33

톨 골/туул гул : 테렐지에서 울란바타르로 흐르는 강 이름(톨 강). 41

부록 <몽골바위그림>

암각화 및 암채화 분포도

흡스굴호

항가이산맥

알타이산맥

러시아

중국

● 암각화 분포지역
● 암채화 분포지역

1. 탐사여정
(2011-2019)

ӨВОРХАНГАЙ 2011

ГҮрбансайхан2017

Гжаргалантын2015

ТӨВ 2017

1.어워르항가이
  2천년전 돌무덤.
2.구르반사이항.
3.자르갈란트
  선돌 군락지역.
4.투브아이막
  밍조르사원 암채
화 보존지구.

아르항가이 아이막 체체를랙 이흐 타미르 강
변 선 돌 군락지.
(몽골학생들과 탐사)

2. 바위그림

자르갈란트 외 10여개 지역 바위 와 돌에 새
긴 그림

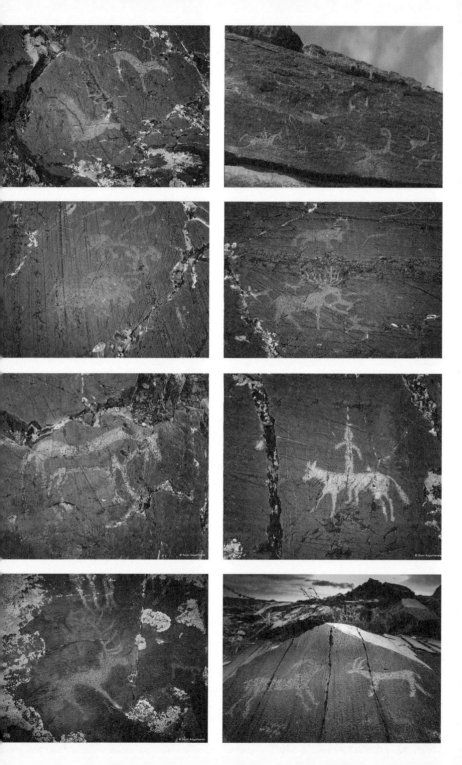

3. 암채화

음각에 채색 (산신, 지장, 신장, 석가, 관음.) (투브아이막 밍조르사원)

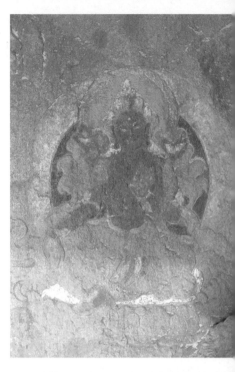

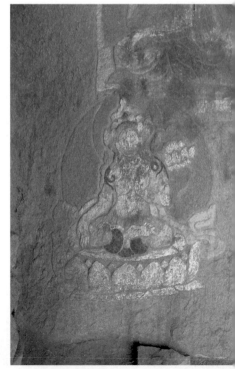

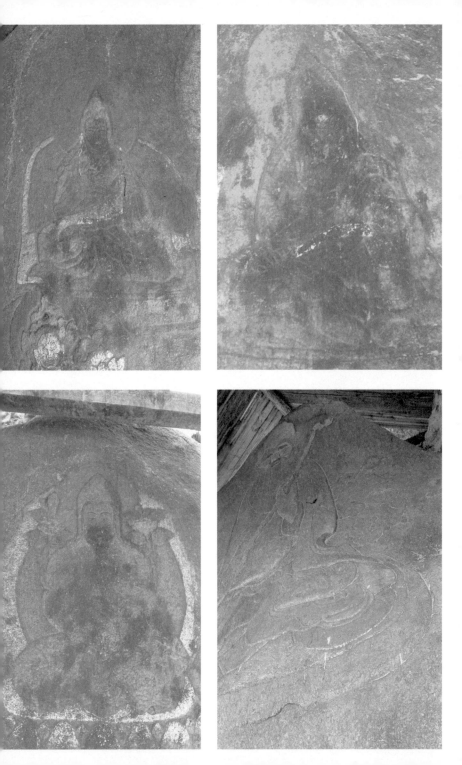

4. 선 돌

아르항가이 체체를렉, 이흐타미르, 자르갈
란트, 무릉초원 외.

5. 선 돌 평면도(펼침면)

「жаргалантын амны буган хөшөөд」 62. 63 P

「жаргалантын амны буган хөшөөд」 36 р

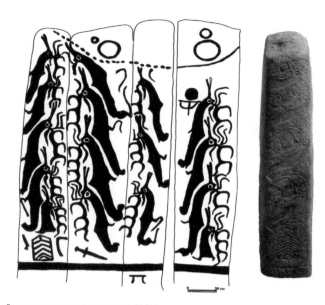

「жаргалантын амны буган хөшөөд」64. 65 P

「жаргалантын амны буган хөшөөд」20 p

〈참고문헌 및 자료출처〉

* 「돌에 새긴 유목민의 삶과 꿈」「Чулуунд сийлсэн эртний Нүүдэлчийн амь драп」「Бөгөн Оюуны сэтгэлгээ」몽골과학아카데미고고학연구소

* 「자르갈란트의 사슴 돌」「жаргалантын амны буган хөшөөд」
  2011, 2.27. ISBN 978-99962-845-8-8 몽골문화유산협회.

* 「몽골인의 생활과 풍속」 이안나 저/울란바타르대학출판부

* 「솔롱고」 본지 저자/울란바타르대학종신객원교수

김한창 장편소설

몽골 대서사시, 칭기즈 칸의 제국
전설의 암각화

무지개 (下권)

발 행 일 초판 1쇄 발행 2020년 5월20일

지 은 이 김한창
펴 낸 곳 도서출판 바밀리온
주   소 전주시 덕진구 가리내 6길 10-5 클래식 302호
전   화 (063)253-2405
팩   스 (063)255-2405
이 메 일 kumdam2001@hanmail.net
인   쇄 새한문화사
주   소 (10881)경기도 파주시 광인사길 211-2
전   화 031-955-7121 FAX.031-955-7124

등   록 제2017-000023
I S B N 979-11-90750-02-8
정   가 19,000원

이 도서의 국립중앙도서관 출판예정도서목록(CIP)은 서지정보유통지원시스템 홈페이지(http://seoji.nl.go.kr)와 국가자료종합목록 구축시스템(http://kolis-net.nl.go.kr)에서 이용하실 수 있습니다.
(CIP제어번호 : CIP2020011666)

이 책은 전라북도 문화관광재단의 지원으로 발간되었습니다.